デート・ア・ライブ アンコール 4

DATE A LIVE ENCORE 4

【デート・ア・ジョブ case-1 学生】

「むう。『働かざる者食うべからず』……か」

とある日の休み時間。十香は難しげに腕組みしながら首を捻っていた。

「どうしたんですか、十香さん」

『随分深刻な顔してるじゃなーい』

十香と同じ制服を身に着けた四糸乃と『よしのん』が話しかけてくる。十香は口をへの字に結びながら顔を上げた。

「先ほど先生がそんなことを言っていただろう。シドーのご飯が食べられなくなるのはとても困るのだが……私は果たしてどんな仕事をしているのだろうか」

言って、むうとうなる。

「えっと……それは、職業・学生でいいんじゃないですか？」

「おお、なるほど。……む？ そういえば四糸乃とよしのんはなぜ学校の制服を着ているのだ？」

「え、えっと……」

『番外編でそれはあんまり気にしちゃ駄目よー』

「むう……？」

四糸乃たちの言っていることはよくわからなかったが、なんだかあまり深く追及してはいけない気がした。

「しかし、そうか、学生か。私の職業は学生だったのだな」

十香は納得したようにうなずくと、数秒後、再び首を捻った。

「むう……学生の仕事とは一体何なのだろうか」

『なんか何気に深いこと聞くねー、十香ちゃん』

『よしのん』が器用に腕組みしながら言う。それに合わせるように四糸乃が苦笑してから口を開いた。

「学生の仕事はやっぱり……学業じゃないでしょうか」

「学業。ふむ、勉強か……なるほど」

十香は納得を示すようにうんうんとうなずいた。が、すぐに疑問を覚え、三度首を捻る。

「とすると、体育なども仕事に入るのか？」

「ええと……まあ、実技も授業ですし、学生の仕事といって差し支えないと思います」

「えっと、それは……たぶん」

『うーん……まあ、強い身体を作るって意味ではそうと言えなくもないの……かな？』

四糸乃と『よしのん』の返答を聞き、十香は力強くうなずいた。

「そうか！　ならば私は、おいしいご飯を食べるために、ちゃんと弁当を食べることにするぞ！」

十香が高らかに宣言すると、二人は困ったように苦笑した。

『そうだねー。一口に学びっていっても勉強だけとは限らないし。ていうか、学校ですることはだいたい学生の仕事っていっていいんじゃないかなー？　友だちとのコミュニケーションだって大事だと思うしねー』

『よしのん』がこくこくと首肯しながら言ってくる。

それを聞いて、十香は「おお！」と声を上げた。

「なるほど。ということは……弁当や購買のパンを食べることも仕事なのだな!?」

【デート・ア・ジョブ　case-2　メイド】

天宮市の一角にある、とあるメイドカフェ。

そこでは華やかな外観とは裏腹に、メイドたちの、血で血を洗う勢力争いが繰り広げられていた。

「あらあら、折紙さん。ご機嫌麗しゅう。今日も無駄な努力をなさりに来られましたの？」

「時崎狂三。あなたには、負けない」

鳶一折紙と時崎狂三の二人は、この店で常にトップを争う人気メイドだった。

しかし、頂点は二人も必要ない。二人は今日の指名数及び収益によって、真のナンバーワンを決める勝負をしていたのだった。

「うふふ。今日こそは引導を渡して差し上げますわ」

「ナンバーワンなどには興味ない。でも、賞品である店長のほっぺにチュウを渡すわけにはいかない」

折紙が言うと、そのやりとりを後方で聞いていた店長の五河士道がビクッと肩を揺らした。

「あの、俺何も聞いてないんだけど」

「きひひ、ひひ。威勢だけはいいようですわね。格の違いというものを思い知らせて差し上げますわ」

「望むところ」

「……おーい、二人ともー？」

店長の声は、二人には届いていなかった。

そして、開店。店のナンバーワンが決まるとあってか、双方のファンがこぞって押し寄せていた。次々と二人に指名が入り、どんどん収益が積まれていく。

「うふふ、お帰りなさいませ、ご主人様。あらあら、誰が二足歩行など許しましたかしら？」

「注文を。オリリンのオススメはこのスペシャルオムライス二九八〇〇円。普通のオムライスに、私がケチャップで海兵隊式罵り文をしたためる」

双方、得意の接客術でご主人様たちを捌いていく。が――閉店が近づき、折紙がリードを広げ始めた
「私の勝ち。あと一〇分では、もう挽回は不可能」

「うふふ、そうですかしら」

狂三が不敵に笑ったかと思うと、次の瞬間、店に何人もの客がなだれ込んできた。

しかも――その全員が、狂三と同じ顔をしている。

「な……これは」

「きひひ。これはこれは、お帰りなさいませ、たくさんのお嬢様。指名はございまして？」

狂三が、ニイッと笑みを浮かべながら言う。すると無数の狂三たちは、一斉にこくりとうなずいた。

「ええ。わたくしたちは――」

狂三たちは、狂三――ではなく、店長を指さした。

「店長を指名いたしますわ」

「……へっ!?」

士道が目を丸くする。狂三は慌てた声を上げた。

「な、何を……！　打ち合わせと違いますわよ!?」

「えー、だってぇ」

「わたくしたちも、店長さんと遊びたいんですもの」

「いいではありませんの。いいではありませんの」

「え、ちょ……」

狂三たちに、店長が引きずられていく。

この日、店のナンバーワンメイドが、店長・五河士道に決定した。

【デート・ア・ジョブ　case-3　妹】

「——というわけで妹の仕事を始めるわよ」

「ちょっと待ちやがってください」

当然のごとく琴里が胸を反らす。真那は困惑気味に眉を歪めながらそう言った。

「妹の仕事……って、そもそも妹は職業じゃねー気がするんですが」

「なに言ってるのよ。五年前、国家妹法が制定され、正式に妹免許の取得が義務づけられたじゃない」

「国家妹法!?　ていうか資格職でいやがるんですか!?」

「ええ。今の世の中、兄や姉がいるだけじゃあ妹とは名乗れないのよ。ちなみに去年の妹資格の倍率は二〇・五倍」

「難関!?」

真那は叫びを上げると、頬に汗を垂らしながら続けた。

「……えーと、つかぬことをお伺いしやがりますが、それだけの倍率ってことは、落ちた方もたくさんいらっしゃるわけですよね」

「まあ、そうね。私は一発取得だったけど、日本にはたくさんの妹浪人がいるわ」

妹浪人という言葉ももの凄く気になったが、真那はあえて突っ込まずに続けた。

「そ、その方々って、続柄的にはなんて呼ばれてやがるんで……?」

「非弟(ひてい)」

「うわあ」

真那が渋面を作ると、琴里が不審そうに真那を見つめてきた。

「ていうか真那、さっきから初歩的な質問ば

かり……もしかしてあなた、無免許妹だったの?」

「無免許妹ってのも凄い言葉でいやがりますね……」

真那が言うと、琴里は全てを察したように腕組みし、うなずいた。

「なるほどね……気をつけなさい。如何に腕が立とうと、無免許で妹行為を行うのは違法よ。この前も、依頼人を『お兄ちゃん』と呼び、高額な報酬を要求する無免許妹が逮捕されたばかりなんだから」

「なんかそれ別の職業っぽくねーですかねぇ……」

真那が辟易していると、そこに琴里と真那の兄、士道が通りかかった。

「お、何してるんだ、二人とも」

「ああ、兄様……」

と、真那が士道をそう呼んだ瞬間。突然どこかから、サイレンのような音が鳴り響いた。

「へっ!? これは一体……」

「! まずい、妹警察よ! 真那が士道を兄様呼びするのを聞きつけたんだわ!」

「妹警察!? な、なんでいやがるんですかそれ!?」

「説明はあとよ! 逃げなさい! 捕まったら妹収容所送りになって妹看守に妹矯正をされるわ!」

「え……ええっ!?」

真那はわけもわからぬまま琴里に背を押され、無理矢理その場から逃げさせられた。

DATE A LIVE ENCORE 4

WorkingTOHKA,HighschoolYOSHINO,NormalizeORIGAMI,CatKURUMI,MissionMANA,
MysteryKOTORI,ReverseTOHKA

CONTENTS

デート・ア・ライブ　アンコール４

橘　公司

ファンタジア文庫

2360

口絵・本文イラスト　つなこ

精霊
THE SPIRIT
隣界に存在する特殊災害指定生命体。発生原因、存在理由ともに不明。
こちらの世界に現れる際、空間震を発生させ、周囲に甚大な被害を及ぼす。
また、その戦闘能力は強大。

対処法1
WAYS OF COPING 1
武力を以てこれを殲滅する。
ただし前述の通り、非常に高い戦闘能力を持つため、達成は困難。

対処法2
WAYS OF COPING 2
――デートして、デレさせる。――

デート・ア・ライブ アンコール4

DATE A LIVE ENCORE 4

SpiritNo.4
Height 145 Three size B72/W53/H74

十香ワーキング

WorkingTOHKA

DATE A LIVE ENCORE 4

とある日の休み時間。

隣の席の夜刀神十香が、机にずいっと身を乗り出してきた。

「なあシドー、今日の夕餉は何なのだ？」

なんて言いながら、夜色の髪の先を揺らし、可愛らしい貌を向けてくる。しかし詰め寄られた五河士道は頬に汗を垂らしながら、小さく身を引いた。

確かに士道の隣家に住む十香は、毎日のように五河家に夕食を食べに来るのではあるが……そんなことをクラスメートに聞かれようものなら、またいらぬ噂を立てられてしまう。

「……あー、もうちょっと静かにな」

「むう、そうか、そうだったな。すまん。――それで、何なのだ？」

ほんの少しだけ声をひそめて、十香が問うてくる。士道はやれやれと息を吐いた。

「今日は……そうだな、オムライスなんてどうだ？」

「！　お、おお……あのふわとろのやつか！」

「ああ、デミグラスソースもたっぷりだ」

「な、なんと……」

十香が両手をわななかせながらうっとりとした顔を作る。以前一度食べさせたことがあるのだが、そういえばいたく気に入っていた様子だった。

「それはあれだ、うむ、いいと思うぞ！　今から楽しみだ！」

「……だから、あんまり大声で——」

「十香ちゃーん」

言葉を遮るように響いた声に、士道は小さく肩を揺らした。

そしてその声の主を確かめるように視線を十香の後方にやり——さらに身を硬くする。

何しろそこにいたのは、十香の友人にしてクラスの情報発信源、亜衣、麻衣、美衣のかしまし三人娘だったのである。

彼女らにおいしそうなネタを摑まれたが最後、日をまたぐ前にクラス全域に知れ渡ってしまう。士道は十香の発言を上手く誤魔化す方法はないかと思考を巡らせた。

だが三人は士道と十香の会話に言及することもなく、十香を囲むように展開すると、一斉にガッとその手を握る。ちなみに亜衣が右手、麻衣が左手、摑むところのない美衣は十香の頭に手を置いていた。

「ぬ、ぬぅ？　どうしたのだ？」

いきなり包囲された十香が、困惑した様子で声を発する。すると三人娘が、いやに熱っぽい調子でずずいと顔を近づけた。

「ねえ、十香ちゃん」

「もしよかったら……なんだけど」

「ちょっと、アルバイトとかしてみる気、ない？」

「あるばいと？　なんだそれは」

十香がキョトンと目を見開く。

「えーっとね、まあ簡単に言うと……」

亜衣が指を一本立てながら、ざっくりと説明をする。十香が「ほう」と興味深そうにうなずいた。

「ふむ、なるほど。仕事をして金子を稼ぐのか」

「そうそう。どーかな？　駅前の『ラ・ピュセル』って喫茶店なんだけど」

「最近近くに競合店ができたんだけど、ホールの子がそっちに引き抜かれてやめちゃったのよー」

「お願い！　ホント数日くらいの短期でもいいからさー」

三人が矢継ぎ早に言う。十香がううむとうなった。

「マジでピンチなの。近くにできた競合店ってのが、業界じゃ悪名高いチェーン店でさー」

「そうそう、ところ構わず出店してきては、近くの店に嫌がらせとかして潰そうとしてくるのよー。ウチの店もどんどんお客さん減っちゃってて大変なの」

「だからここで一発、超絶美少女十香ちゃんに看板娘になってもらって、ドカッとお客さんを取り戻してくれないかと……」

最後は少し本心が漏れていた。それだと数日程度の短期では意味がないと思うのだが。

「シドーはどう思う？」

「え？　んん……そうだな……」

急に話を振られ、士道は困惑したように眉をひそめた。

喫茶店のホールスタッフ……ということは、要はウェイトレスだろう。当初より随分こちらの世界に慣れてきたとはいえ、いきなり接客業などをやらせて大丈夫だろうか……と、士道がそんなことを考えていると、亜衣が十香の耳元に口を寄せ、何やらゴニョゴニョと内緒話をし始めた。

すると十香が「おお……！」と色めき立つように目を見開き、ちらと士道を見てから大仰にうなずいた。

「やる！　やるぞ！」

十香の声に、亜衣麻衣美衣がパァッと顔を明るくする。

「おっしゃ！　決まりね！」

「店長には話通しておくから！」

「今日の放課後からよろしくねー！」

言って、三人は手を振りながら士道の席から離れていった。

「お、おい、十香。大丈夫かよ。もうちょっと考えてから返事した方が……」

「大丈夫だ！　任せておけ！　喫茶店というのには何回か行ったことがある！」

士道が不安そうに声をかけると、十香が自信満々といった様子で胸を反らしてくる。士道はジトッとした視線を送った。

「……さっき何吹き込まれたんだ？」

言うと、十香が露骨にビクッと肩を揺らし、額に汗を滲ませながら、ひゅー、ひゅー、と口で言い始めた。どうやら口笛が上手く吹けないらしい。

大方、売れ残りのケーキ食べ放題とでも言われたのだろう。士道はやれやれと頭をかいた。

そしてポケットから携帯電話を取り出し、とある番号に電話をかける。

するとほどなくして、電話口から、妹である琴里の甲高い声が響いてきた。

『もしもーし、おにーちゃん？　どーしたの？』

「おう、悪いな琴里。十香のことなんだが……」

『……ちょっとストップ』

言うと、電話口の向こうからバタバタバタバタっと廊下を走る音が、次いでシュルシュルという衣擦れの音が聞こえてきた。まるで──そう、髪を括っているリボンをつけ替えているかのような。

『──それで？　十香に何かあったの？』

次いで響いてきたその声は、先ほどの脳天気な妹のそれと同一とは思えないくらいに、険と威厳に彩られていた。

『ものを知らないのをいいことに淫語を教えて連呼させてたのがバレでもした？』

「してねえよそんなこと！」

『じゃあ何よ？』

「ああ……十香がバイトを始めたいって言い出してな……」

『バイト？　一体どんな？』

「詳しくは知らんが、喫茶店のホールスタッフらしい。数日程度の短期間らしいけど……どう思う？」

士道が問うと、琴里は数秒の間ふうむとうなってから返してきた。

『ま……いいんじゃない？』

「本気かよ。十香に接客業なんてできるのか？」

『これも経験のうちよ。私たちの最大目的を忘れたわけじゃあないでしょう？　空間震の原因を穏便に取り除き――精霊に平和的な生活を送らせること。精霊の自発的な行動はこちらとしても望むところよ。むしろ、十香がやる気になっているところに水を差したくないわ』

琴里の言葉に、士道はむうとうなった。

実は十香は人間ではなく、空間震と呼ばれる災害の原因――精霊なのである。

そして琴里はその精霊を保護するための秘匿機関〈ラタトスク〉の司令官なのであった。

『ま、そう心配しなくても大丈夫よ。こちらも一応気にしておくわ。過保護にしすぎるのも十香のためにならないわよ？』

「ん……まあ、そうだな」

ふうと息を吐いて電話を切ると、十香の方に向き直る。

十香は士道の言葉を待つように「待て」をする犬のような調子で机に両手を添えながら士道を見てきていた。そんな様子に苦笑しながら、ぽんと肩に手を置いてやる。

「まあ……なんだ。それじゃあ、頑張ってみるか？」

「うむ！」

十香が、元気いっぱいにうなずいた。

その日の夜。

士道がリビングでテレビを見ていると、廊下からバタバタっと足音が響いてきた。

「シドー！　帰ったぞ！」

リビングの扉(とびら)が勢いよく開け放たれ、制服姿の十香が姿を現す。どうやら自宅マンションに帰って着替(きが)えるより先にここにやってきたらしい。

「おみやげだ！」

言って、手にしていた可愛らしい箱を差し出してくる。開けてみると、中には色とりどりのケーキが詰め込まれていた。

「おお……こりゃ凄(すご)いな」

「うむ、店長がくれたのだ！　皆(みな)で食べよう！」

十香の満面の笑(え)みを見て、思わず苦笑してしまう。やはり、このご褒美(ほうび)につられてアルバイトを了承(りょうしょう)したのだろう。

　士道は椅子(いす)の背にかけてあったエプロンを装着しながら、キッチンの方に歩いて行った。

「夕飯まだだろ？　ちょっと待ってな。すぐ用意するから」

「うむ！」

　十香の返事に手を振り、冷蔵庫から二人分の卵を取り出す。時刻はもう二一時三〇分を回ろうとしていたが、士道も十香を待ってまだ夕食を食べていなかったのである。ちなみに琴里は、仕事があるとかで今日は〈フラクシナス〉に泊(と)まりらしい。

　チキンライスとデミグラスソースは既(すで)に作ってあるのだが、卵だけはそうもいかない。鍋(なべ)やレンジで温め直してしまっては、せっかくのふわとろ食感が台無しになってしまうのである。

　士道はボウルに入れた卵を溶(と)きながら、リビングの十香に目を向けた。

「それで……どうだったんだ？」

「む？」

「いや、バイトだよ、バイト。ちゃんと仕事できたのか？」

「おお、無論だ！」

　十香が大仰にうなずき、ドンと胸を叩(たた)いた。

「本当かぁ？　どんな仕事してきたんだよ」

「うむ、まず挨拶を教えられた。お客さんが来たら『いらっしゃいませ！』と言うのだ。元気がよくないといけないのだぞ！」

「まあ、基本だな」

「それからな、制服を支給されたのだ」

「ほう、どんなだ？」

「うむ、なんだかウサギのような——」

「……うん？」

なんだかおかしな言葉を聞いた気がする。士道はバターを溶かしたフライパンに卵を投入しながら首を傾げた。

ウサギのような格好……その言葉を聞いて士道の脳裏に浮かんだのは、エナメル素材のボディコンシャスに網タイツ、ウサ耳カチューシャを装備したバニーガールスタイルだったのである。

「い、いやいやいや」

十香が働いているのは夜のお店ではなく普通の喫茶店であるはずだった。ブンブンと首を振る。きっとウサギの着ぐるみ（それはそれでどうかと思うが）とかそんな感じだろう。

士道は自分を無理矢理納得させるように小さくうなずいた。

　しかし十香はそんな士道に気づいていない様子で、楽しげに言葉を続けてくる。

「それでだな、次はお客さんのもとに注文された品を運んでいくのだ」

「お、おう。そうだな。どんなメニューがあるんだ？」

「そうだな……ああ、そういえば変わった飲み物があったな」

「ほう」

「店長になんだこれはと訊いたら、特別に一杯飲ませてくれたぞ。名前はなんといったか……ジンなんとかという飲み物だ。飲むと身体がカーッと熱くなるのだ」

「……は？」

　十香の言葉に、士道は眉をひそめた。飲むと身体がカーッと熱くなる飲み物……頭の中にジントニックだとかジンライムだとか、未成年は飲んではいけないアルコール類の名前が浮かんでは消える。

「おい……十香、それって」

　士道が頰に汗を垂らしながら言うも、十香は腕組みしながらうんうんと続けた。

「ああ、そうだ。あとはあれだ」

「ま、まだ何かあるのか……？」

「うむ。店が閉店したあとにだな、奥の部屋に行って店長を気持ちよくしてあげると、給

金とは別に駄賃がもらえるのだ！」

「……なッ!?」

「ん？」

と、士道が声を発すると同時、十香が何やら訝しげに眉をひそめた。

「シドー？　何か焦げ臭くはないか？」

「え？　って、あ……っ！」

言われて、士道は自分の手元に目をやった。

フライパンの上には、ふわとろを通り越して真っ黒になった卵の塊が、ぷすぷすと煙を上げていた。

◇

「ここか……」

翌日。士道は駅前の喫茶店『ラ・ピュセル』を訪れていた。

理由は至極単純。昨日いろいろと話を聞いてから、十香が心配で心配で仕方なくなってしまったのである。

無論琴里には連絡を取り、十香のことを訊ねてみた。だが、「別に心配ない」の一点張りで、終いには面倒くさげに「そんなに心配なら自分で確かめてきなさいよ」と言われていたのである。

時刻は一三時三〇分。今日は土曜日ということで、十香は昼過ぎからバイトに入っているはずだった。士道は十香が家を出るのを見計らって、サングラスとマスクで雑な変装を済ませ、後を追うようにここにやってきたのだった。

通りの外れに建った喫茶店の外観を、睨め付けるように眺める。年季の入った木製の外壁に、看板。入り口の前には小さな黒板に手書きで今日のお勧めセットがしたためられていた。一目見た感じでは、昔からある個人経営のカフェといった感である。

「……見た目は、普通だな」

士道はそう言ってから、小さく首を振った。外観が普通だからといって油断はできない。気合いを入れるようにぐっと拳を握ってから、士道は意を決して店の扉を開けた。

店の中は、外から見た印象よりもずっと広かった。なるほど、確かにホールスタッフが引き抜かれては大変そうである。

競合店の嫌がらせによって客の数が減っているという話だったが……店内はほぼ満席に近い。これで減っている状態だとするなら、全盛期は一体どれほどの人気店だったのだろうか。

「おお、いらっしゃいだ！」

と、そこで、聞き慣れた声が鼓膜を震わせてくる。

サングラス越しの暗い視界に、十香の姿が認められた。フリルのいっぱいついた可愛らしい制服に身を包み、満面の笑顔を士道に向けてきている。

「……！」

その格好がもうあまりに似合っていたものだから、士道は思わず息を呑んでしまった。

正直、変装のためとはいえサングラスをかけてきたのを後悔してしまうレベルである。

「一名様か？」

「え？　あ、はい」

「そうか、ではこちらへどうぞだ！」

言って、十香が士道を窓際の席に促してくる。士道はそれに従って席に腰を落ち着け、ふうと息を吐いた。どうやら正体はバレていないらしい。まずは潜入成功である。

だが、すぐに士道は首を捻った。

そう。十香の着ていた制服は若干フリルが多かったものの、ウェイトレスとしては至極まっとうなもので、士道が想像していたような扇情的なバニーガール姿とは似ても似つかなかったのである。

「じゃあ、ウサギって一体……」

と、士道が首を捻っていると、十香が水とおしぼりを士道の前に置き、一仕事を終えたように満足げにうなずく。

「うむ、これでよし。ご注文はお決まりか？」

「え？」

若干注文を取るタイミングが早い気がしないでもなかったが……まあ、別に構うまい。

メニューを捲って適当に注文を口にする。

「……じゃあ、ダージリンで。あ、あとナポリタン」

紅茶と、ついでに料理を注文する。十香のことが気にかかりすぎて、昼をろくに食べていなかったため、今になって胃が悲鳴を上げ始めたのだった。

「うむ、了解した！　しばし待っていろ！」

十香が元気よくうなずく。

と、十香が厨房の方へ去って行く瞬間、士道は「あ」と目を見開いた。

十香の胸元にウサギ形のプレートが取り付けられており、そこに『夜刀神』と名が書かれていたのである。

「えと……ウサギって」

った。
士道はぽりぽりと頬をかいた。随分とアグレッシブな勘違いをしてしまっていたようだ
動悸を落ち着けるように深く息を吐く。そうしてから、士道は店内をぐるりと見回して
みた。
なんとも瀟洒なカフェである。細緻な装飾の施されたテーブルや椅子に、柔らかい光を
放つ間接照明。細部まで掃除が行き届いており、あちこちから店主のこだわりが窺えた。
学校帰りの女子高生たちがガールズトークをするというよりも、淑やかなマダムが落ち着
いてお茶を楽しむような雰囲気である。
「まあ、見た限りではよさそうな店だけど……」
水を一口飲み、呟く。
「まだ……油断はできないな」
士道は気を取り直すように深呼吸をし、手にしていたメニューを詳細にチェックし始め
た。十香の話では、ここは未成年にアルコールを提供した疑いがあるのである。
……だが、いくら読んでも、メニューに酒の類は見当たらない。ジン系カクテルはおろ
か、ビールすら見受けられなかった。並んでいるのはコーヒーや紅茶、簡単な食事メニュ
ーに、ケーキなどの洋菓子ばかりである。

「……夜になるとメニューが変わるとか、そういうやつなのか……？」

士道がそんなことを考えていると、頭上から明るい声が聞こえてきた。

「待たせたな！」

見やると、十香が銀のトレーを持ちながら立っていることがわかる。

「ダージリンとナポリタンでございますだ！」

「あ、はい。……て、え？」

十香が注文の品をテーブルの上に並べていくのを見て、士道は眉をひそめた。

ダージリンの方はまあいい。普通のポットにカップだ。

だが、問題はナポリタンの方だった。大きな白い皿に、湯気を立てる赤い麵の塊が堆く盛られていたのである。正直、三〇分以内に食べられたら無料とか、そういった類のチャレンジメニューにしか見えない。

「あ、あの、これは……」

「うむ！　店長に、それでは全然足りないと言ったら、大盛りにしてくれたのだ！」

「…………」

別に食べるのは十香ではないのだが……とも思ったが、いらぬことを言って正体がバレてしまうのもまずい。士道は大人しく「……どうも」とうなずいた。

「うむ、ではまた何かあったら呼んでくださいだ！」

十香は元気よくそう言って、歩き去っていった。

士道はしばしの間その背を見たあと、目の前に展開したキャプテン・ナポリタンに目を向け、はあとため息を吐き出した。注文した以上は頑張って食べねばなるまい。

が、それより先に確認せねばならないことがあった。近くを通ったウェイトレスに声をかける。

「すいません」

「はい？」

ウェイトレスが首を傾げてくる。特徴がないのが特徴のような顔。十香をバイトに誘った三人娘の一人、葉桜麻衣である。ちなみに、彼女の胸元には猫形のネームプレートがついていた。

「ちょっとお訊ねしたいんですけど、そのネームプレートって……」

士道が麻衣の胸元を指さしながら言うと、彼女は「ああ」とうなずいた。

「可愛いでしょう？　このお店、お子さん連れのお客様も多いので。店長の手作りなんです」

「あ、ああ……なるほど……」

士道は身体から力が抜けるのを感じた。

「ええと、もう一ついいですか？」

「はい、何でしょう」

「この店のメニューって、昼と夜で違ったりします？」

「いえ、うちのメニューは一種類だけですよ？」

「えっと、でも、人に聞いた話なんですけど、ここにジンなんとかっていう身体が熱くなる飲み物があるとか……」

「ああ、それなら」

麻衣はそう言いながらメニューを捲り、ドリンクメニューの最後に書かれている品を指で示した。

「たぶん、これのことじゃないですかね？」

士道は示された箇所を見、頰に汗を垂らした。

「……ジンジャーハニーミルク……」

「ええ。当店のオススメです。身体がポカポカしますよ」

「…………」

手描きと思しきショウガ、ミツバチ、ミルクのキャラクターイラストがなんとも可愛らしい。確かにとても身体が温まりそうだった。

だが。士道はブンブンと首を振った。

確かにバニーガールとお酒は士道の汚れた心が生み出した誤解だった。しかし最後に一つ、捨て置けない問題があったのである。

「あの、ウェイトレスさん。風の噂で聞いたんですけど……」

「はい?」

「閉店後、店長を気持ちよくさせると給料とは別にお金がもらえるって本当ですか?」

士道が言うと、麻衣はカラーン! と銀のトレーを落とし、オーバーリアクション気味に驚いてみせた。

「な、なぜそれを! さては敵国の間者!」

「え……ええっ?」

「いやまあ冗談ですけども。……でも、本当にどこで知ったんですか?」

麻衣がトレーを拾いながら、訝しげに視線を送ってくる。士道は誤魔化すように愛想笑いを浮かべた。

「と、ということは本当なんですか?」

「ええ、まあ。結構割がいいんでみんなやりたがるんですけど、やっぱ上手い子が呼ばれることが多いですねー」

「……ッ‼」

麻衣の返答を聞いて、士道は身を強ばらせた。

やはり、士道の懸念は当たっていたようだ。こんなところで十香を働かせてはおけない。

士道は席を立とうとした。

だが。

「店長ももうお歳ですからねー。やっぱ一日仕事すると肩が凝るみたいで。同僚に亜衣って子がいるんですけど、あの子マッサージ上手いんでよく呼ばれるんですよー」

「………………へ？」

麻衣がそう言うのを聞いて、力を込めた拳から、急速に力が抜け落ちていった。

「……マッサージ、ですか」

「ええ。——ああ、ほら、あれが店長ですよ」

言って、麻衣が厨房の方を指さす。そこにはエプロンを着けた上品そうな老婦人が、ニコニコ微笑んでいた。

「……ええと」

「他には何か？」

「……いえ、大丈夫です」

士道が言うと、麻衣は丁寧にお辞儀をして去って行った。

「…………」

士道はしばしの間無言でうつむいたあと、マスクを外してポケットに放り込み、ダージリンティーを一口啜ってみた。口腔に広がる芳醇な香り。心の汚れた士道をも癒やしてくれそうな優しい味わいだった。なんだか申し訳なくて涙が出そうになった。

いそいそと働く十香の方に目をやる。

確かにおぼつかないところはあるようだったが、その一生懸命な仕事ぶりは、他の従業員にもお客さんにも好意的に受け取られているらしかった。

店もきちんとした場所で、雰囲気もいい。これは琴里が言うように、心配のしすぎだったかもしれない。

「……これ食べたら帰るか」

士道は息を吐き、フォークを手にとってナポリタンを啜り始めた。

今日も十香は疲れて帰ってくることだろう。今士道にできるのは、十香が家にやってきたとき、美味しい晩ご飯を出してやることである。今から買い物をして帰り、夕食の準備をすれば、ちょうどいいくらいの時間になるだろう。

と——

「おい、何してくれてんだよ！」

そのとき、店の奥から、静かな店内に似つかわしくない怒声が響いてきた。

次いで、辺りから小さなざわめきが漏れ始める。

「なんだ……？」

訝しげに眉をひそめてそちらを見やる。

壁際の席に座っていた二人組の男性客が、いかめしい顔を不機嫌そうに歪めながらテーブルに肘を突いていた。そして、それに向かい合うように、キョトンとした様子の十香が立っている。

「十香……？」

士道がサングラスをずらして様子を窺っていると、金髪の男が苛立たしげに自分の足を指さした。

「熱っちぃ……ちょっと、今紅茶こぼれたんだけど」

「ぬ？　そうか。気を付けろよ」

十香があっけらかんとした様子でそう言って、去って行こうとする。すると、テーブルに肘を突いていた顎髭の男が立ち上がり、その進行を阻んだ。

「はーいちょっと待ち。いくらなんでもそれはないんじゃないの店員さん。ごめんなさいの一言もないとかどういう教育されてるワケ？」

「む？」

十香が困惑したように首を傾げる。

「なぜ私が謝らねばならんのだ？　こやつが自分でこぼしただけだろう？」

「あァ!?　何言ってやがんだ！　おめぇがぶつかってきたからこぼしちまったんだろうがよッ！」

金髪の男が語気を荒らげる。しかし十香は何ら物怖じすることなく眉をひそめた。

「おかしなことを言う。私はおまえに触れてなどいないぞ？　おまえが足を引っかけようとしてきたから避けただけだ」

「……ッ！　う、うるせッ！　とにかくおめぇのせいで火傷しちまったんだよ！　どうしてくれんだって言ってんだ！」

「むぅ、そう言われてもな。ではどうしろというのだ？」

十香が困ったようになっていると、前に立ちはだかった顎髭の男が、まあまあと場をなだめるように手を広げた。

「興奮するなって。店員さんも悪気があってやったわけじゃないんだし」

「そうは言うけどよ、このままじゃ収まりつかねぇぞ？　こっちは火傷させられた上に、大事な一張羅まで汚されてんだ。治療費と慰謝料とクリーニング代くらいはもらわにゃ」

　その言葉に、十香が「うぬ？」と表情を歪めた。

「ちりょうひ……金を取るというのか？」

「まあ、普通ならそうなるだろうな」

「それは困る。ここの給金の使い道はもう決まっているのだ」

　十香が首を横に振る。

　しかし男たちはその返答に声を荒らげることはなく——むしろ、その答えをこそ待っていたと言わんばかりに下卑た笑みを浮かべた。

「んー、じゃあ仕方ねえなあ。ちょっと店長さん呼んでもらえる？」

「む？　なぜだ？」

「なぜだ、じゃねえだろがよ。おめぇが払えねぇってんだから、店に責任取ってもらうしかねぇだろうよ。それとも何かー!?　この店はお客に火傷させといて謝罪一つしねぇってのかー!?　ひでぇ店もあったもんだなぁ！」

　男が、まるで周囲の客に呼びかけるかのように声を上げる。

「皆さんも気を付けてくださいねー！　この店は客にわざと熱っつぅぅぅいお茶をこぼして

火傷させるらしいですからー！」

男の声に、にわかに辺りがざわつきだす。

「……あちゃー。十香ちゃん捕まっちゃったか」

と、そこで士道の近くに立っていたウェイトレスが、そう言いながら頭をかいた。三人娘の一人、藤袴美衣である。

「知ってるんですか？」

士道が問うと、美衣はやれやれといった様子で返してきた。

「ええ……まあ。向かいに競合店ができて以来、ああいう手合いが多いんですよ。スタッフの露骨な引き抜きとかもあって、辞めちゃう子が多くて……」

「な、なるほど……」

士道は頬に汗を浮かべながら再び店の奥の方を見やった。何やら男たちがまくし立て、十香が困った顔を作っている。さすがにあのまま放っておくわけにはいかないだろう。

士道ははあと息を吐くと、すたすたとそちらに歩いて行った。

「あのー……」

「あァ!?」

士道が立っていた男の背に声をかけると、男が荒い語気のままバッと振り向いてくる。

「何、おにーさん、なんか用？　今取り込み中なんだけど、見てわかんない？」

ギロリと視線を鋭くし、男が士道を睨み付けてくる。思わず一歩後ずさりしそうになるが、どうにか踏みとどまって声を上げる。

「い、いや、その子困ってるみたいだし……」

士道がそう言うと、椅子に座っていた金髪の男までもが士道に目を向けてきた。

「あ？　わりーけど俺この子に火傷させられてんの。それなのに詫び一つなしでどっか行こうとしてっからお説教中なわけ。アンタには関係ないの。オーケイ？　ドゥーユーアンダスタン？」

「だから、お茶をこぼしたのは――」

十香が抗議の声を上げかけ……怪訝そうな顔を作る。

そして士道の方に視線を向けると、不思議そうに首を傾げてきた。

「……シドー？」

「――!?」

不意に名を呼ばれ、士道はハッと口元に手をやった。

そういえば先ほど紅茶を飲むときにマスクを外したままだったのである。さすがにサングラスだけでは正体を隠しきれなかったらしい。

「どうしてここに……」

「や……まあ、ちょっと様子を見に」

　こうなってしまってはもう顔を隠している意味もない。士道はため息を吐きながらサングラスを外した。

「ああ？　ンだよ、知り合いかよ。だからしつこかったワケ？」

「でもさぁ、この話にはアンタ関係ないじゃん？　ちょっと黙っててくれる？」

　男たちが凄んでくる。士道は頬をかきながら声を発した。

「いやー……ちょっとそれは。あんたたちの身のためにも引けないっていうか……」

　士道は額に汗を滲ませながら言った。力を封印されているとはいえ十香は精霊。その力は人間を遥かに凌駕する。十香が本気で怒ったなら、ただ顔が厳ついだけの男など容易く吹き飛ばされてしまうだろう。

　だが、士道の気遣いは男たちには正しく伝わらなかったらしい。何やら愉快そうに笑い始める。

「ぎゃはは、なーに言ってンのコイツ。ええ？　何、もしかしてカノジョに手ェ出したら俺が許さないぞー、とかそういうアレ？」

「うっわぁー、カァーッコいぃー。でも身の程知っといた方がいーよおにーさーん？　カノジョの前でボコられんの嫌っしょ？」

「いや、そうじゃなくて……」

「あっはっは、見ろよ、ブルってんじゃん！　なっさけねぇー。おしっこ漏らさねぇうちにとっとと失せろよバーカ」

「あのさー、俺たちも忙しいんだよねぇ。弱虫くんの正義の味方ごっこに付き合ってるヒマはないワケ。わかったらとっとと――」

　男が威圧的に顔を歪めながら言いかけ……息を詰まらせるように言葉を止める。

　理由は至極単純なものだった。

　その一瞬を隔てて、周囲を覆う空気が、それまでとまったく異質のものに変貌していたからだ。

「――貴様ら」

　十香が静かな、しかし苛烈な怒気の籠もった声を発し、手を触れずして人を射殺すような迫力に満ちた視線で顎髭の男を睨み付ける。近くにいた金髪の男が、ひッと短い悲鳴を発し、くずおれるように椅子から滑り落ちた。

「な、え、なに……」

　顎髭の男が先ほどとは打って変わった、か細い声をのどから漏らす。

だが、それも無理からぬことだった。容貌が変わったわけではない。声が変わったわけでもない。それなのに今の十香には、人間に本能的且つ原始的な恐怖を呼び起こさせる、捕食者のごとき威圧感が溢れていた。

「私への言葉は別に構わん。――だが、シドーへの侮蔑は許さんぞ」

視覚で感知できてしまうのではないかと思えるほどの濃密な殺気。迂闊に動けばその瞬間にのど笛が食いちぎられるのではと錯覚させるほどの剣呑な気配。こんな十香を前にして平常心を保てるのは、専門の訓練を受けた軍人くらいのものだろう。

「お、落ち着け、十香！――ほら、あんたらも！　早く謝れば許してくれるから！」

士道は慌てて叫んだ。が、それが男の気に障ったらしい。

「う……うるせェっ！」

叫び、右手を振りかぶって士道に殴りかかってくる。

「――！」

「シドー！」

思わず目を瞑る。だが……いつまで経っても予想された衝撃は襲ってこなかった。

一拍おいて、うっすらと目を開ける。

すると、男の拳が、いつの間にかそこに現れた何者かに止められ、士道の顔の直前で静

夜刀神

止していることがわかった。

男の拳を握っている人物の方に目をやり——素っ頓狂な声を上げる。

「か、神無月さん……？」

そう。そこにいたのは、琴里の部下にして〈ラタトスク〉の副司令、神無月恭平だったのである。

「やあ、どうも」

神無月がにこやかに微笑むと、次いでガタガタガタッ！　とけたたましい音を鳴らしながら、周囲に座っていた客たちが、一斉に立ち上がった。

「さ、行きましょうか、皆さん」

「え？」

士道が呆然と目を見開いていると、客たちは綺麗に統率された動きで男たちのもとに歩み寄り、その両腕を取るようにして拘束した。そのまま、呆気にとられる男たちを歩かせ、店の外に連れて行ってしまう。

「え、ちょっ、何、何なのあんたら……」

「えっ？　えっ？」

そして最後の客がテーブルや椅子を元に戻し、立ち去った全員分の会計を済ませて店から出ていった。

時間にして数分と経たない間に、店の中に元の静かな空気が戻る。

「……む、むぅ？」

何人もの客たちに連行されていく男たちをポカンと見ていた十香が、困惑したように眉をひそめる。

だがすぐにハッとした顔を作ると、士道の方に歩み寄ってきた。

「し、シドー！　大丈夫か！　痛くなかったか⁉」

「あ、ああ、大丈夫だよ」

十香の表情が元に戻ったことにホッとしながら、苦笑を返す。

にしても、一体今のは何だったのだろうか。首を傾げながら、随分と客の少なくなった店内を見回す。と――

「――ねぇ、そこの可愛い店員さん。追加注文いいかしら？」

そこで、背後からそんな声が響いてきた。

「な……」

そちらに目をやり、士道は言葉を詰まらせた。

何しろそこにあったのは、長い髪を黒いリボンで括った士道の妹・琴里と、その友人であり士道のクラスの副担任でもある、村雨令音の姿だったのである。

「琴里——それに令音さん。一体なんでこんなところに……」

士道が問うと、琴里はフンと鼻を鳴らしながら頬杖を突いた。

「あら、私たちはアフタヌーンティーを楽しんじゃいけないのかしら？」

「いや、そんなことはないが……」

と、そこで士道は「あ」と目を見開いた。

「まさか、今の客たちって——」

言うと、琴里がにやりと唇の端を歪めて「さぁてなんのことやら」というように、視線をあさっての方向に向ける。

それが何よりの回答だった。要は、今の客たちは〈ラタトスク〉の機関員だったのだろう。士道に「過保護にしすぎるな」なんて言っておきながら、特大級の過保護を施していたようだった。……どうりで、客の数が多いわけである。

だが、結果的にそのお陰で助かったのも事実である。士道は肩をすくめてはあと息を吐いた。

「ありがとよ。助かった」

「ふん、別に士道を助けたつもりはないわよ。——そんなことより、ねえ十香。何か甘い物が欲しいのだけれど、おすすめはない？」

「む……？」

不意に問われ、十香が目を丸くする。

「ふむ……ああそうだ、ミルクシュークリームというのがおいしいぞ。おすすめだ！」

「そう。じゃあそれをちょうだい」

「了解した！」

十香が元気よくうなずく。士道はそんな様子を見て小さく口の端を上げた。そして、自分の席に戻っていこうとする。

が。

「……ん？」

その道中、後方からくっと袖を摑まれ、士道は足を止めた。

見やると、十香が寂しそうな顔で士道の服を摘んでいることがわかる。

「シドーは……いらないのか？」

「あ、いや……」

士道はぽりぽりと頭をかくと、自分の席に残された山盛りナポリタンを一瞥してから、ふうと息を吐いた。

「じゃあ……その十香おすすめのシュークリームをもう一つ」

そう言うと、十香がパァッと顔を明るくした。

「うむ！」

後日。つつがなく十香のバイト期間が終了したあと、神無月に連れられて、二人の男が五河家を訪問した。

見覚えのある顔。『ラ・ピュセル』で十香に絡んだ男二人である。しかしその挙動はまるで雨に濡れた小型犬のごとくビクビクとしており、件の男たちと同一人物とは思えなかった。

「さ、あなたたち。何か言うことは？」

神無月がにっこり笑いながら言うと、二人はビクッと肩を揺らしてから、震える声を発してきた。

「すいません……マジすいません……」

「もうあの店にはちょっかいかけないって神に誓います……」

なんて、顔をうつむかせながらそんなことを言ってくる。その場に並んだ士道と十香はそのあまりの変貌ぶりに思わず目を見合わせてしまった。一体何をされたらこんな短い間にここまで性格が変わってしまうのだろうか。

「んふ。いい子ですね、二人とも」

神無月がそう言って男たちの肩にポン、と手を置くと、二人はまたしても身体を震わせ、なぜかバッと両手で尻の辺りを押さえた。……おしりペンペンでもされたのだろうか？

「まあ、この子たちも心を入れ替えたようですし、いかがでしょうか、許してあげては」

「はあ……まあ、それは構いませんけど……」

「うむ、シドーがよいならいいぞ」

士道と十香が言うと、男たちがぶわっと涙を浮かべ、その場に膝を突いた。

「ありがとうございます……ありがとうございます……ッ！」

「もし、もし許されてなかったら俺たち……ッ！」

……本当に、一体何をされたのだろう。

士道が訝しげに眉をひそめていると、神無月がにっこりと微笑み、「では、ごきげんよう」と二人を連れて去っていった。

五河家の玄関先に取り残された士道と十香はしばしの間呆然と三人の消えた道を眺めてから、ふうと息を吐いた。

「……行くか、学校」

「うむ、そうだな」

そう。今の時刻は午前八時。ちょうど学校に向かおうとしていたところに、三人が訪問してきたのである。

と、

「あ！　そうだ、シドー！」

そこで十香が何かを思い出したように声を上げ、ごそごそと鞄(かばん)の中を探(さぐ)り始めた。

「ん……？　なんだ？」

「これをやろう！」

言って、十香が手のひらに収まるくらいの小さな包みを手渡(てわた)してくる。可愛らしいリボンが付けられ、まるでプレゼントのようである。

「どうしたんだ、これ」

問うと、十香が得意げにふふんと胸を反らしてみせた。

「うむ！　アルバイトの給金で買ったのだ！　是非(ぜひ)受け取って欲しい！」

「バイト代で？　いや、なんでまた。せっかく稼(かせ)いだんだから、自分のものを買えばいいじゃないか」

だが、十香は首を横に振った。

「それでは意味がないではないか。もともとシドーに贈り物がしたくてアルバイトを始めたのだぞ？」

「え？」

「亜衣たちがな、アルバイトをして金子を稼げば、日頃世話になっているシドーにお返しができると言ったのだ。だから……な」

「あ――」

士道は目を丸くした。数日前、亜衣麻衣美衣が十香をアルバイトに誘ったとき、何やらゴニョゴニョと内緒話をしていたのを思い出す。てっきりケーキ食べ放題とでも謳っていたのだと思ったが……どうやら違ったらしい。

「いや、でも、そんな……」

「シドー……嬉しくないか？」

十香が不安そうな顔で見つめてくる。士道は「う……っ」と言葉に詰まったのち、小さく息を吐いた。

「そんなことない。嬉しいよ。――ありがとうな、十香」

「む……うむ！」

十香が満面の笑みを作ってうなずく。その太陽のような笑顔に、士道もつられて微笑を浮かべてしまっていた。

「開けてみてもいいか？」

「無論だ！」

士道は十香の了承を得てから、綺麗に包みを開け、中に入っていたものを手のひらの上に出してみた。

そして――それを目にし、その用途を理解し、頬に汗を垂らした。

「……こ、これって」

包みの中に入っていたのは、四つ葉のクローバーを模した、キラキラと輝く綺麗な髪留めだったのである。

「うむ、友人に贈り物をしたいと言ったら、店の者が勧めてくれたのだ！　なんでも、つけていると幸運がやってくるらしい！」

「そ、そうか……ありがとう。大事にするよ」

士道は引きつった笑みを浮かべ、髪留めをポケットの中にしまい込んだ。

「ぬ？　つけないのか？」

「え……っと、いや、それは……」

士道が言いよどんでいると、十香の顔がみるみる曇っていった。

「や、やはり……嬉しくなかったのか……？　すまん……シドーの欲しいものがわからなくて……」

「い、いや！　そんなことは……！」

「……うむぅ……そうなのか？」

十香が、上目遣いで士道の顔を見つめてくる。

「う……」

そんな視線に抗える男がいるのなら、是非ここに連れてきて欲しい。士道はそんなことを思いつつ、慣れない仕草で髪を留めた。

四糸乃ハイスクール

HighschoolYOSHINO

DATE A LIVE ENCORE 4

どくん、どくんと心臓が激しいリズムを刻む。

無論、その音が外の誰かに聞こえてしまうだなんてことはまずあり得ない。だがそれでも、今の四糸乃にとってそれは重大な懸案事項に思えて仕方がなかった。心拍を落ち着けるように胸に手を当て、大きく深呼吸をする。

「……、……」

今四糸乃がいるのは、狭く、暗い空間だった。小柄な四糸乃が座ることさえできないくらいのスペースである。光源は、僅かなスリットから入り込む外の明かりだけだった。もしも四糸乃が一人だったなら——正確に言えば、左手の『よしのん』がいなかったなら、怖くてとても入っていられないような場所である。

そんな空間で息をひそめ、数分。

扉の向こうから聞こえていた小さな声音が、徐々に遠のいていった。

『……ん、声が聞こえなくなったね。もう行ったみたいだよ、四糸乃』

と、『よしのん』が小さな声でそう呟いてくる。

「う、うん……」

四糸乃は前面の扉をえいと押した。キィという音が鳴り、視界に光が広がってくる。

そしてひょこっと顔を出し、左右に視線をやって誰もいないことを確認してから、四糸乃は今まで隠れていたロッカーから歩み出た。

できるだけ音を立てないように扉を閉じ、改めて辺りを見回す。

今の今までいたロッカーの中とはまるで違う、とても大きな施設である。

〈フラクシナス〉のそれよりも遥かに広い通路が左右に延び、そこに幾つもの窓や扉が見える。整然とした直線のみで構成されたその空間は、秩序や機能美というよりも、マッドサイエンティストの研究施設のような、何やら得体の知れない不気味さを覚えさせた。

『ふー、今のは危なかったねー。見つかるところだったよー』

甲高い声が、四糸乃の鼓膜に響いてくる。左手を見やると、コミカルなウサギのパペットが汗を拭う仕草をしながら口をパクパクさせていた。四糸乃の無二の親友『よしのん』である。

「うん……間一髪だったね……」

『まあ、近くに隠れられそうなところがあってよかったよ。さ、先を急ごう！』

「う、うん……！」

『よしのん』の言葉に、四糸乃は力強くうなずいた。

唇をきゅっと結び、右手に持っていたバッグの持ち手を握りしめる。

そう——今四糸乃と『よしのん』は、非常に重大な任務を帯び、この巨大な施設に潜入していたのである。

数十分前。

天宮市上空一万五〇〇〇メートルに浮遊する空中艦〈フラクシナス〉の艦橋には、ピンと張り詰めた空気が流れていた。

「——これは非常に重要なミッションよ」

艦長席に座った司令官・五河琴里が、静かな、重苦しい声を響かせる。

黒いリボンで長い髪を二つに括り、真紅のジャケットを肩掛けにした少女である。年の頃は四糸乃とそう変わらないというのに、その声や佇まいからは、人の上に立つ者の偉容や威厳が窺い知れた。

「当該施設にエージェントを送り込み、ターゲットに接触。機密物資を渡した上、帰還する……言葉にすればそれだけの仕事だけれど、実行は困難を極めるわ。タイムリミットは今からおよそ三時間。もし失敗したなら——最悪の場合、辺り一帯が焦土と化してしまう可能性すらある」

琴里の言葉に、クルーたちがごくりと息を呑む音が聞こえる。

琴里はそんなクルーたちの反応を一瞥してから、正面に立った四糸乃の方に目を向けてきた。

「——お願いできるかしら、四糸乃」

瞬間、四糸乃の身体に、クルーたちの視線が突き刺さる。

「…………っ」

思わずたじろいでしまうが、四糸乃はぐっと踏みとどまると、意を決してこくりとうなずいた。

「……は、はい。やります。やらせて……ください」

「……こちらから頼んでおいて何だけど、本当に大丈夫？」

「う……」

その言葉に、四糸乃は顔をうつむかせかけてしまう。

だがそのとき、左手の『よしのん』が、叱咤するように頬をつついてきた。

『ダイジョーブだよ四糸乃。よしのんがついてる！』

「！　う、うん……！」

四糸乃は不安を振り払うように頭を振り、もう一度琴里に向いた。

「お願いします……やらせてください。私も……皆(みな)さんのお役に立ちたいんです……」

「……そう」

琴里はふうと息を吐(は)くと、艦長席からゆっくりと立ち上がった。

「じゃあ、お願いするわ。——神無月(かんなづき)、あれを」

「はっ」

琴里の声に応じて、背後に控(ひか)えていた長身の男が、厳重に封(ふう)の施(ほどこ)されたバッグを取り出し、四糸乃に手渡してきた。

「こ、これが……」

「ええ。今回のミッションの鍵(かぎ)となる機密物資よ。——ターゲットに接触し、これを渡すことがあなたの任務。取り扱(あつか)いには十分注意してちょうだい。それこそ、ニトログリセリンや眠(ねむ)っている幼子を運ぶように慎重(しんちょう)にね。それと、絶対にターゲットに接触する前に開封しては駄目(だめ)よ」

「わ、わかりました……」

にとろぐりせりんというものが何かは今ひとつよくわからなかったが、とにかく慎重に運べということだろう。四糸乃は緊張(きんちょう)した面持(おもも)ちでこくりとうなずいた。

「それと、あれも」

「はっ」

言って、今度は神無月が、どこかで見たことのある衣服と、ウエストポーチを手渡してくる。

「これは……？」

「潜入用の服と——隠遁・逃亡用の秘密兵器三点セットよ。困ったときに使いなさい」

「わ、わかりました……」

四糸乃がうなずくと、琴里はバッと手を振った。

「よろしい。四糸乃は服を着替えてちょうだい。時間がないわ、五分以内。——みんなは転送装置の準備を。四糸乃の準備ができ次第、作戦行動に移るわ」

「了解」

「当該空域に移動を開始します」

クルーの声を聞いて、琴里が大仰に首肯した。

そののち、四糸乃に向かってビッ！　と親指を立ててくる。

「——頼んだわよ。四糸乃、よしのん。天宮市の平和は、あなたたちの働きにかかっているわ」

「は……はい……っ！」

『らじゃーっ！』

四糸乃と『よしのん』は、それに応じるように声を発した。

「何か……変なところだね、よしのん……」

周囲に気を配り、広い廊下を進みながら、四糸乃は『よしのん』にしか聞こえないくらいの声で呟いた。

本当に、なんとも奇妙な空間である。くぐもった人の声や物音があちこちから聞こえてくるのに、廊下に人の姿はない。人に見つかるわけにはいかない四糸乃としては好都合だったが、まるでたくさんの人間が息をひそめて四糸乃を観察してきているような、途方もない不気味さを感じるのだった。

『そうねー。なんだか得体が知れないっていうか。何か変な研究でもしてるんじゃないかなー？　ほら、この前士道くんと見たテレビでやってたじゃない。狂気の科学者が人体実験を繰り返し、やがて怪物を作り出して……』

「や、やめてよ、よしのん……」

『あっはっは、ジョーダンだってば』

『よしのん』がひそめた声で、しかし快活に笑う。

本来ならこういった潜入任務のときに会話は厳禁なのだろうが……今はこの『よしのん』の軽口がありがたかった。四糸乃は微かに口元を綻ばせながら先を急いだ。

『えーっと？　ここからはどう行くんだっけ？』

「えと……確か目的地は三階のはずだから、先に階段を上っちゃった方がいいって琴里さんが……」

『ん、おっけー。じゃあ向こうだね』

と、『よしのん』が言って、廊下の奥を見やった瞬間。

「……！」

四糸乃は肩をビクッと震わせた。

理由は単純。前方から、人の話し声が聞こえてきたからだ。

「よ、よしのん……！」

『急いで隠れよう！　近くにさっきみたいなロッカーは？』

言われて左右に視線をやるが、廊下は一本道のうえ、辺りにロッカーは見当たらない。

「ないよ……ど、どうしよう」

『仕方ない、少し道を戻ってやり過ごそう！』

「う、うん……！」

四糸乃はうなずくと、右手に握ったバッグをできるだけ揺らさないようにもと来た道を戻り始めた。

が——

「あ……っ！」

四糸乃はそこで足を止めた。後方からも、何者かの足音が聞こえてきたのである。

「よ……よしのん、後ろからも人が……！」

『な、なんだってー!?』

『よしのん』がわざとらしく驚きのリアクションを取る。

だが、そうこうしているうちにも話し声と足音はどんどん接近してくる。四糸乃は混乱に目をぐるぐると回した。

『仕方ない……琴里ちゃんから預かってたあれを使おう！』

「あれ……？　あれって？」

『秘密兵器その一だよ！　早く！』

「あ——う、うん……」

そういえばそれがあった。四糸乃はうなずくと、その場にバッグを置き、ウエストポーチを探った。そして、コンパクトに圧縮された布の塊を取り出す。

『よしのん』と協力してそれを広げると、四糸乃は壁にピタッと背をつけた。そして右手と『よしのん』の口で布の上端を摘むと、ジャパニーズ・ニンジャの隠れ身の術の要領で自分の身を覆い隠す。

「……、……」

　可能な限り息を殺し、そのままの姿勢でジッと佇む。

　するとすぐに左右から、話し声と足音が聞こえ――四糸乃の目の前でピタリと止まった。

「……！」

　まさか、気付かれたのだろうか……？　心臓の鼓動が異様なペースで早くなり、ふるふると指先が震え始める。

「……これ、なんですかね？」

「さあ……」

「注意した方がいいですかね？」

「いや、まあ……別に、いいんじゃないですか？　個人の趣味ですし……」

　だが、そんな声が聞こえたかと思うと、やがて足音はゆっくりと去っていった。

『大丈夫、もう行ったよー』

「はあ……」

言われて、四糸乃はほうと安堵の息を吐きながら、自分の身体を覆っていた布を下ろした。

『いやー、さすが琴里ちゃんの秘密兵器。みんな気付く素振りすらなかったねー』

「そ、そうかな……」

なんだか明らかに見つかっていた気がしたのだが……気のせいだろうか？

まあ、とにかく捕まらなかったのだ。結果オーライである。四糸乃は布を畳むとポーチにしまい込み、廊下に置いていたバッグを手に取ると、再び目的地目指して歩き出した。

辺りに注意を払いながら、階段を上っていく。

だが、その途中――

「――あら？」

「ひ……っ!?」

ちょうど階段を下りてきていた女性と、鉢合わせしてしまった。

眼鏡をかけた、小柄な女性である。よく見れば非常に温厚そうな顔をしているのだが……極度の人見知りの上、ミッション中の四糸乃にとっては、突然現れた人間というだけで、鬼か悪魔の類にしか見えなかった。

「その制服……うちの生徒ですか？　いや、それにしては随分と……中学生、それとも小学生ですか？　一体なんでこんなところに……」

言いながら、眼鏡の女性が四糸乃に近づいてくる。

『襲ってきた！　逃げるよ、四糸乃ー！』

「……っ！　……っ！」

『よしのん』の叫びに弾かれるように、四糸乃はその場から駆け出そうとした。

が、慌てて方向転換したものだから、足がもつれてその場に盛大に転んでしまう。

「きゃ……っ！」

「！　だ、大丈夫ですかぁ？」

眼鏡の女性が心配そうに四糸乃のもとに駆け寄り、手を伸ばしてくる。

それはきっと善意からの行動だったのだろう。だが今の四糸乃には、その女性が自分に襲いかかってくるようにしか思えなかった。

「あ、あぁ……っ」

じりじりと後ずさる。と、その瞬間、左手の『よしのん』が身を乗り出し、四糸乃に伸びてきていた女性の手にがぷりと噛み付いた。

「きゃっ!?　な、なんですかこれっ！」

『四糸乃！　今だ！』

「……！」

四糸乃は『よしのん』の意思を察して身を起こすと、バッグを拾ってその場から駆け出した。

「あ……ちょっと、あなた！」

後方から女性の声が響いてくるが、構わず足を動かす。

しかし女性も諦めないようだった。のったのったとした走り方ではあるものの、四糸乃を追ってくる。

「ま、待ってくださぁーいっ！　なんで逃げるんですかぁ！」

『ヤバい！　追ってきた！　どこかに逃げ込むんだ！』

「ど、どこかにって……」

『！　四糸乃、あそこの部屋だ！』

「う、うん……！」

四糸乃は『よしのん』に言われるままに、手近な部屋に逃げ込む。

幸い、部屋の中には誰もいなかった。だがその代わり、壁際にいくつもの絵や石膏像が並んでおり、なんだか気味が悪かった。

が、そう悠長なことを言ってもいられない。すぐに追跡者はやってきてしまうだろう。

四糸乃が慌てていると、『よしのん』がポン！　と手を打った。

『四糸乃！　琴里ちゃんの秘密兵器その二を使おう！』

「そ、その二……って」

『そう！　必殺小麦粉爆弾さ！』

「う、うん……！」

四糸乃は再びポーチを探り始めた。秘密兵器その二・必殺小麦粉爆弾。投げつけるとぶわっと小麦粉の煙幕が広がり、相手の視界を遮る逃走用アイテムである。

部屋に隠れて追跡者を待ち構え、部屋の中央あたりに来たところで爆弾を炸裂させる。そして急に視界を奪われ相手が慌てている隙に逃走する。——悪くない作戦だった。

が、

「あ……っ」

慌てていたためか、四糸乃はポーチから取り出した白い球体を、自分の足元にポロッと取り落としてしまった。

瞬間、ぼふっという音がして辺りに白い粉が舞い散り、数瞬の間何も見えなくなってしまう。

その煙幕が晴れたときには、四糸乃は頭頂から爪先まで真っ白になってしまっていた。

「けふっ……けふっ」

『だ、大丈夫かい四糸乃ー？』

自分も真っ白になった『よしのん』が、心配そうに顔を向けてくる。

「だ、大丈夫……でも、小麦粉爆弾が……」

四糸乃は自分の足元に放射状に広がった白い粉を見下ろしながら、絶望的な心地で言った。

だが、時間はなかった。部屋の外から、足音が近づいてくる。

大事なアイテムをこんなところで消費してしまったのである。

「ど、どうしたら――」

『！　四糸乃！　あれだ！』

四糸乃があたふたしていると、『よしのん』が部屋の奥を指さした。妙にリアルな造形の石膏像が、何体も飾ってある。

「え……あれって……」

『いいから、急いでそこに上るんだ！』

「え？　う、うん……」

四糸乃は不安そうに眉を歪めながらも、『よしのん』の指示に従って石膏像が並んでいる棚に上った。

『そしたらそこでポーズ！　なんでもいいから！』

「こ、こう……？」

『はいそこでストップ！』

『よしのん』が叫ぶ。四糸乃はそれに従って身体をぴたりと静止させ――そこでようやく、『よしのん』の狙いに気付いた。

要はこの真っ白な身体を生かして、石膏像に紛れ、追跡者の目を逃れようというのである。

「な、なるほど……」

失敗を策に変える。何という冷静で的確な判断力だろう。四糸乃は思わず感嘆の声を漏らしそうになった。

だが。

ガラッと部屋の扉が開いたかと思うと、眼鏡の女性が肩で息をしながら入ってきて、四糸乃の前まで歩いてくると、

「……え、ええと、何してるんですか？」

そう言って、頬に汗を垂らした。

どうやら、一瞬でバレてしまったようである。

「ひ……っ」

四糸乃は予想外の事態に驚くと、バランスを崩して棚の上から転げ落ちてしまった。ばふっと小麦粉の煙が辺りに上がる。

「だ、大丈夫ですか？」

「……！」

女性が歩み寄ってくる。四糸乃はひっ、と身を竦ませた。

『ま、まさかあれが見破られるなんて！　気をつけて！　この人、ただ者じゃない！』

『よしのん』が戦慄した様子で言う。だが、今さら気をつけたところでどうにもならなかった。

ゆっくりとした足取りで、眼鏡の女性が距離を詰めてくる。

「や……あ……」

あまりの恐怖にぺたんと尻をつき、そのまま逃げるように後ずさる。が、すぐに壁際に追い込まれてしまった。もう逃げられない！

四糸乃の頭に絶望が過ったとき、左手の『よしのん』が叫びを上げた。

『こうなったら……四糸乃！　最後の秘密兵器だ！　ポーチを開けて！』

「え……？」

何が何だかわからぬまま、言われるままにウエストポーチを開ける。

すると『よしのん』がその中に身体を突っ込み、何やらガサゴソと蠢いたのち、ビュンと勢いよく女の方に飛んでいき、その口元に張り付いた。必然、四糸乃も手を引っ張られて立ち上がってしまう。

「え――きゃっ！」

『よしのん』に口元を押さえつけられ、眼鏡の女性が短い悲鳴を上げる。

女性はそれからしばしの間、じたばたともがいていたが、すぐに身体から力が抜け、ぐったりとその場に倒れ込んだ。

「こ、これって……」

四糸乃が顔に触れてみるも、女性は完全に気を失っており、何も反応を示さない。四糸乃はなんだか怖くなって『よしのん』に目を向けた。

「よ、よしのん……今のは？」

『琴里ちゃんから託された最終兵器だよ！　その名もクロロ……ゲフンゲフン、魅惑のスーパーフェロモンさー！』

『よしのん』がわざとらしく咳払いをする。

「……え、ええと……」

四糸乃は困惑した顔を作りながら『よしのん』に顔を近づけてみた。が、お腹の辺りからツンとした刺激臭を感じ、動きを止める。……恐らく、というか間違いなく、何らかの薬品が染みついていた。

『さ！ 今のうちに行こう！』

「そ、そうだね……」

眼鏡の女性のことは気にかかったが、なにぶん時間がない。四糸乃は身体についていた小麦粉をはたき落とすと、バッグを持って部屋を出て行った。

『ふー……しっかし、なかなかしつこかったねぇ、今の人』

「う、うん……」

緊張と恐怖と急な運動で心臓がバクバクと鳴っていた。少しでも動悸を落ち着けるように大きく深呼吸をする。

『あんなに執拗に追いかけてくるなんて……一体捕まったら何をされていたことやら……』

「そ、そんな……」

四糸乃は眉を八の字に歪めた。そういえば誰かに発見され、捕まってしまったときにどうなるかは、琴里から何も聞いていなかったのである。

が、四糸乃が不安がっていると、『よしのん』がカラカラと笑ってくる。

『あっはっは、ごめんごめん。脅かし過ぎたかなー。大丈夫だって。琴里ちゃんがそんな危険なところに四糸乃を寄越すはずないじゃなーいのー』

「そ、そうだよね……」

『そうそう。そりゃ少しは怒られたりするかもしれないけど、まさか拷問されるだとか、生きたままお腹を裂かれるとか、そんな物騒なことあるわけないってばー』

例が妙に具体的なのは気にかかったが、そう考えると、何だか少しだけ気分が楽になった。自然、緊張に震えていた足取りも軽くなっていく。

と、四糸乃が廊下を歩いていると、前方に何やら大きな部屋が見えてきた。扉の上に『生物室』と書かれたプレートが確認できる。

どうやら中に何人もの人間がいるらしい。壁と扉を隔てて、ざわざわという声が聞こえてくる。

『見つからないように気をつけないとねー』

「う、うん」

『よしのん』の言うとおり、先ほどより足音に気を遣ってそろそろと歩いていく。

が、ちょうど扉の前を通ろうとしたところで部屋の中から『きゃっ！』という悲鳴が響き、四糸乃は思わず息を詰まらせた。

「……！」

『大丈夫、見つかったワケじゃなさそうだよー』

小さな声で『よしのん』が言ってくる。四糸乃はほうとため息を吐いた。

「よかった……でも、一体どうしたんだろう……」

先を急がねばならないのはわかっているのだが、どうも今の悲鳴が気になった。僅かに開いていた扉の隙間から、部屋の中を覗き込む。

幾つもの黒い机が並んだ、広い部屋である。あちこちに何に使うのかわからない実験道具のようなものが並び、その奥に、瓶詰めにされた動物や虫の標本が飾られている。

「なに……ここ……」

部屋には何十人もの人間がおり、皆白衣を着た老齢の人間の話に耳を傾けている。

その白衣の人間の手元にあるものを見て、四糸乃は思わず声を詰まらせた。

「……!?」

何しろそこには、鋭利な刃物で腹を裂かれ、内臓を剝き出しにされたカエルの姿があったのだから。

白衣の人間が何やら言葉を呟きながら、手にした銀色の刃物でカエルをつつく。するとカエルの足が、それに反応するようにビクン、ビクンと蠢いた。

『おはぁー……えっぐいねぇー』

「……っ！」

見ていられず、四糸乃は視線を外した。

「な、何してるのかな……あの人たち……」

『うーん……なんだろねぇ。料理……って感じでもなさそうだし』

そこで、四糸乃はハッと目を見開いた。

「ま、まさかあのカエルさん……私たちみたいにここに侵入したところを捕まって……？」

『いやいやいや……そんなまさか』

「そ、そうだよね……」

『――あ』

四糸乃が安堵の息を吐くと、部屋の中を見ていた『よしのん』が不意に声を発した。

「どうしたの、よしのん……？」

『！　み、見ちゃ駄目だ、四糸乃！』

『よしのん』が制止してくるが、遅い。四糸乃は再度、部屋の中を覗き込んだ。

すると、先ほどは人の陰になって見えなかった部屋の奥に、あるものが立っていることがわかる。

「ひ……っ⁉」

それを目にした瞬間、四糸乃はのどを引きつらせてその場に尻餅をついてしまった。

だが、それも無理からぬことだろう。

何しろそこにあったのは、皮を半分剝がれて内臓と筋肉が剝き出しになった人間と、完全に白骨化した死体だったのである。双方直立の姿勢で固定されており、まるで見せしめにでもされているかのようだった。

「あ、あれは……やっぱり、捕まった人の……」

四糸乃は絞り出すように声を発した。寒くもないのに手足が小刻みに震え、歯の根がカチカチと鳴る。

やはり、四糸乃の懸念は当たっていたのだ。許可なく立ち入った者はああして生きながらにして皮を剝がれ、標本にされてしまうのだ……！

「ど、どど、どうしよう、よしのん……！」

『落ち着いて、四糸乃。そんなことあるわけ……』

「じゃ、じゃああれは何なの……？」

『う、うーん……』

『よしのん』が口ごもり、困惑したように首を捻る。

とにかく、一刻も早くここから離れなければならない。四糸乃はガタガタと震える足をどうにか制し、その場に立ち上がった。そのままよろめきながらも、なんとか歩いていく。

『と、とにかく、早く仕事を済ませて、琴里ちゃんに拾ってもらおう！』

「そ、そうだね……」

四糸乃は、自分を奮い立たせるように大きくうなずいた。

が、その瞬間、どこからともなくキーンコーンカーンコーン……と、建物内全域に響き渡るような大きな音が聞こえてきた。

「え……っ、え……っ？」

何が起こったのかわからず、四糸乃が左右に視線を振っていると、やがて辺りの部屋からガタガタと椅子を動かす音が響いてきた。

そして廊下に沿うように並んでいた幾つもの扉がガラッと開いたかと思うと、中から、四糸乃が着ているのと同じようなブレザーとプリーツスカートを身につけた何人もの人間たちが、次々と廊下に出てくる。

「――――！」

四糸乃は身を竦ませた。

――そしてすぐに、ある可能性に気付く。

今の甲高い音は、侵入者を発見した際の緊急アラームのようなものなのかもしれない。種類は違えど〈フラクシナス〉内でも、緊急時にはこういったアラームが鳴っていた気がする。四糸乃には自覚がなかったが、きっと何らかのセンサーに触れてしまったのだろう。だとするなら、今教室から出てきた人間たちは、侵入者――四糸乃を捕らえるために出動したエージェントのようなものに違いなかった。

それに気付いた瞬間、四糸乃は息を詰まらせると、即座にその場から駆け出した。

だが、これだけの人数の目から完璧に逃れることは不可能だった。人間たちはすぐに四糸乃に気付いた様子で視線を向けてくる。

「ん？　なんだあれ……」

「なんで高校に子供が……先生の娘さん？」

「あ、なんか左手に人形つけてる。かわいー」

言葉の内容はよく聞こえなかったが、恐らく「あいつだ！」とか「捕まえろ！」とか「皮を剝げ！」みたいな物騒極まりないものに違いなかった。四糸乃は心肺が悲鳴を上げるのにも構わず廊下を走り抜けた。

だが――

「！　うわっ！　麻衣、美衣、見て見てあれ！」

「きゃっ！　何あの可愛い生き物！」

「ただちに捕獲せよ！　フォーメーション・デルタ！」

そこで、前方に現れた三人の少女が、四糸乃目がけて飛びかかってきた。

「ひっ……！」

慌ててブレーキをかけ、その場に停止する。と、三人の少女が、四糸乃の前方にずべしゃっ、と突っ伏した。もし減速していなかったら捕まってしまっていただろう。間一髪である。

「まだまだァ！」

「可愛いものの前には！」

「我らに痛みなどないッ！」

しかし、顔面から廊下にダイブしたというのに、三人の勢いが衰えることはなかった。

というか、むしろ増していた。

即座にその場に立ち上がり、バッと左右に展開して四糸乃を囲い込んでくる。

「え……あ、あ――」

『な、なんだい君たちはー！』

そして四糸乃と『よしのん』が狼狽していると、三人はそれぞれ手を取り合い、まるで童歌でも歌うかのような調子で四糸乃の周りをぐるぐる回り始めた。

「キェエエエアアアアア！　シャベッタアアアアアア！」

「すごーい、腹話術上手ねー」

「他にも何かやってみせてよー」

言うと、三人は四糸乃に向かって手を伸ばし、髪を手で梳いたり、『よしのん』を撫でたり、ほっぺをぷにぷにし始めた。

「うわー！　髪の毛つやっつや！」

「人形モッフモフ！」

「ほっぺぷにっぷに！」

恍惚とした顔を作りながら、三人が四糸乃と『よしのん』を弄りまくる。『よしのん』は先ほどの眼鏡の女性にしたのと同じクロロなんとか攻撃をしようとしていたようだったが、完全に身体を押さえられており、身動きが取れない状態になっているらしかった。

『きゃー！　ドコ触ってるのさー！　エッチー！』

「あ、あ、あ……」

四糸乃は得体の知れぬ恐怖にガタガタと身体を震わせると、バッと手を振り払って、三人の包囲を抜け出した。

「あっ！　逃げた！」

「もっとモフらせてよぉっ！」

「ぷにっぷにぃぃぃぃぃぃぃぃぃぃッ！」

後方から三人の叫びが響いてくる。四糸乃は必死に足を動かした。

だが――

『四糸乃、前っ！』

「……っ！」

三人の様子を確認しようと後ろを一瞥したところで、四糸乃は前方から歩いてきていた少女にぶつかってしまった。

幸い転びはしなかったものの、その人物の顔を認識した四糸乃は、ひっと息を詰まらせ、絶望に目を見開いた。

「――〈ハーミット〉？　なぜこんなところに」

静かな口調でそう言って、少女が四糸乃に冷たい視線を落としてくる。

肩をくすぐる髪。人形のように端整な貌。だがその表情は冷たく、無機的な機械にさえ見えた。

彼女の顔には覚えがあった。四糸乃たち精霊を殺すことを目的とした特殊部隊・ASTの一員である。確か名は——鳶一折紙。

「あ、あ……」

四糸乃の脳裏に、士道に霊力を封印される前の記憶が蘇る。

躊躇いなく浴びせられた数多の弾薬。敵意と殺意をもって四糸乃に向かってくる、機械の鎧を纏った人間たち。

「う、ぁ、ああああああああ…………っ」

それが思い出された瞬間、四糸乃の恐怖がピークを迎えた。

——視界がぼやける。意識が朦朧とする。呂律が回らなくなる。『よしのん』が何かを言っている気もするが、言葉の内容が聞き取れない。

そして、四糸乃は身体の中に何か温かいものが流れ込んでくるかのような感覚を覚えた。

次の瞬間——まるで学校が丸ごと冷蔵庫にでも入れられたかのように、周囲の気温がぐんと下がる。

「……！　これは……」

折紙の狼狽の声が聞こえる。

だがそれも当然のことかもしれなかった。何しろ右方に並んだ洗い場の蛇口(じゃぐち)や、天井(てんじょう)に設(しつら)えられていたスプリンクラーから一斉(いっせい)に水が噴(ふ)き出し始めたのである。

と——そのとき。

「な……四糸乃!?」

背後から、聞き慣れた声が聞こえてきた。

「……!」

目をやると、そこに四糸乃が探し求めていた『ターゲット』の姿があった。

思わず、安堵(あんど)に顔が弛(ゆる)む。

だが、その瞬間。

建物の中を通っている水道管が破裂(はれつ)でもしたのだろう、一拍(いっぱく)おいて天井の一部が崩(くず)れ
——四糸乃目がけて落下してきた。

「————っ!」

「四糸乃ぉぉぉぉッ!!」

思わず身が竦み、目を閉じてしまう。

しかし、次に四糸乃を襲(おそ)ったのは、落下してくる建材の衝撃(しょうげき)ではなく、何者かに抱(だ)き締(し)

められるかのような感触だった。

　そのまま押し倒されるように身体の向きが変わり――ドン、という鈍い震動が伝わってくる。

　目を開く。すると、『ターゲット』の顔がすぐ目の前にあることがわかった。

　どうやらすんでのところで四糸乃を抱き留め、助けてくれたらしい。

「し、士道……さん……」

　四糸乃が名を呼ぶと、『ターゲット』――五河士道が、「おう」と声を上げた。

「いっつつ……大丈夫か、四糸乃」

「は、はい……ありがとうございます。でも、あの……」

　四糸乃は、恥ずかしそうな声を発した。

　だがそれも当然だった。士道は四糸乃を助けた際、盛大にスカートを捲り上げ、あまつさえその中に片手を突っ込んでいたのである。

「！　わ、悪い！」

「い、いえ……大丈夫です」

　四糸乃は頬を赤くしながらスカートを直した。士道が気まずげに頬をかく。

「それで、四糸乃。なんでこんなところに……」

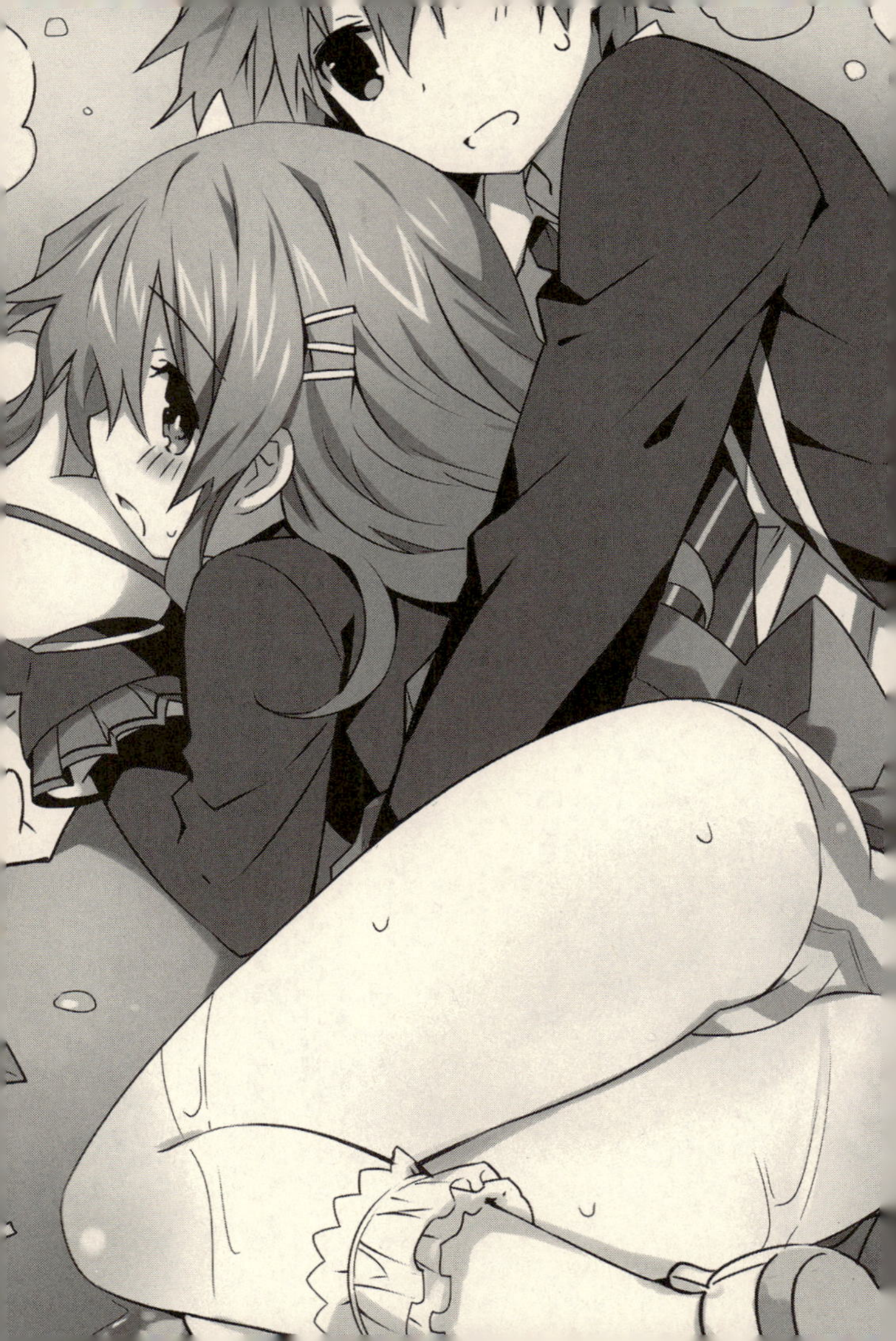

士道が困惑していると、後方からもう一人の『ターゲット』――十香の声が聞こえてきた。

「な……鳶一折紙！　貴様、一体四糸乃に何をしたのだ！」

「何もしていない。私が歩いていたら〈ハーミット〉がぶつかってきただけ」

折紙が淡々と答える。十香はそんなの信じられないというように訝しげな視線を作って折紙を睨み付けた。

士道がそんな二人をなだめつつ、四糸乃に向き直ってくる。

「で、一体どうしたんだ、四糸乃」

「あ、あの……っ」

士道が問うてくる。四糸乃はずずっと鼻を啜るようにしてから言葉を続けた。

「わ、私、これを届けに……、ッ！」

と、四糸乃は言葉の途中で肩を震わせた。

「いけない……バッグが濡れて……」

言いながら、自分の手元に視線を落とす。そう。バッグはきちんと右手に握っていたのだが、今の騒動で盛大に水を被ってしまったかもしれなかったのだ。

が、そこには、

『ふぃぃー……間一髪だったよぉー』

バッグに覆い被さり、その身を挺してバッグを守っていた『よしのん』の姿があった。

「よしのん……！」

『やー、バッグは少しばかり濡れてると思うけど、中身は無事なハズだよー』

「あ、ありがとう……」

四糸乃はびしょ濡れになった『よしのん』に頬ずりしてから（その際、軽い刺激臭がした）、士道にバッグを差し出した。

「あの……士道さん、これ……」

「え？　これは……」

言いながら士道は厳重に封のされたバッグを開け――目を丸くした。

「これ……俺と十香の弁当？」

そう。そこに入っていたのは、士道と十香、二人分の弁当だったのである。

「え？　俺、もしかして今日弁当忘れてきてたっけ……？」

士道がようやくそれに気付いたらしい。頭をかいてから四糸乃に目を向けてくる。

「ごめんな、わざわざ届けてくれたのか？」

士道がそう言ってくる。

——そこが、限界だった。

士道の優しさが嬉しくて、でもそれ以上に自分が情けなくなって、四糸乃は顔をうつむかせて小さく嗚咽し、ぽろぽろと涙をこぼし始めた。

「う……う、う……」

「よ、四糸乃!? なんで泣くんだ!?」

「……ごめん……なさい……私、ずっと役立たずで……何とか士道さんの役に立ちたくて……無理を言って学校に来させてもらったのに……結局、皆さんに迷惑をかけて……」

言って、ひっく、ひっくとしゃくり上げる。

「四糸乃……」

士道は細く息を吐くと、ニッと唇の端を上げた。

「そんなことねえさ。——助かったよ。ありがとうな、四糸乃」

「え……？」

「おまえが来てくれなかったら、昼飯抜きになっちまうところだったんだぜ？ そうなったら十香が一体どうなったことやら。なあ？」

言いながら十香の方に視線を向けると、突然話を振られた十香が慌てた様子で首肯した。

「む……うむ、そうだな。四糸乃がいてくれなかったら大変だったな！」

「ほら、な？」

「え、あの……」

「だから、自分のことを役立たずなんて言うもんじゃないぞ。——本当に、ありがとう」

士道はそう言って、四糸乃の頭をぐりぐりと撫(な)でた。

四糸乃は目を丸くしたが——盛大に鼻を啜ってから、笑顔(えがお)を作ってうなずいた。

「はい……っ」

果たして士道と十香はその日の昼食にありつけたわけであるが——

士道にロリコン疑惑(ぎわく)が囁(ささや)かれるようになったのは、また別の話である。

折紙ノーマライズ

NormalizeORIGAMI

DATE A LIVE ENCORE 4

「なーなー、五河(いつか)は結局、どんな女の子がタイプなわけよー」

「…………！」

とある日。来禅(らいぜん)高校二年四組の教室で次の授業の準備をしていた折紙(おりがみ)は、不意に鼓膜(こまく)を震(ふる)わせた言葉にぴくりと眉(まゆ)を動かした。

顔の位置を変えぬまま右方に視線をやると、そこに二人の男子生徒がいることがわかる。

椅子(いす)に腰掛(こしか)け、面倒(めんどう)くさそうな顔をした少年――折紙の恋人(こいびと)・五河士道(しどう)と、机に手を突(つ)いたその友人・殿町宏人(とのまちひろと)である。

「はぁ？　なんだってんだよいきなり……」

士道が、眉をひそめて鬱陶(うっとう)しげに返す。すると殿町が、手にしていたメモ帳を広げながらペンをくるくるっと回した。

「ああ、今月出費がかさんで財布(さいふ)が寂(さび)しくてな。ちょっと小遣(こづか)い稼(かせ)ぎに、おまえのプロフィールを作って売ろうかと思って」

「売るって……一体誰(だれ)に。そんなの欲(ほ)しがる奴(やつ)いねえだろ……」

「いや、意外と潜在需要(せんざいじゅよう)はあると思うぞ。来禅を代表する美少女二人から言い寄られる酒池肉林王に学びたいって男子は少なくないからな。士道先生のモテ指導とかそんな感じのタイトルつけて売ればそれなりに……」

「じ、冗談じゃねえ！　誰が協力するかそんなもん！」

士道がうんざりした顔を作りながら身を反らす。

しかし殿町は諦めず、軟体動物のような動きで士道にしなだれかかった。

「えェエエエ。いーじゃんよ減るもんじゃあるまいしー。親友を助けると思ってー」

「人の情報を切り売りするような奴は親友とは言わん！」

縋りつく殿町の顔を押しのけるように、士道が手を突っ張る。

士道がこれだけ嫌がっているのだ。いつもの折紙であれば殿町を止めるなり、何らかの助け船を出すなりしていたかもしれない。

だが、折紙は動かなかった。

単純な理由である。――折紙も、士道の好みのタイプに興味があったのだ。

身長、体重等の身体的なデータや、家族構成や来歴などの外的データはある程度個人でも調べられるのだが、士道の心情的な要素は、膨大な量を誇る折紙データベースの中でもレアリティの高い情報だった。同性の友人だからこそ漏らすような秘密もあるやもしれない。もし殿町の編纂した士道プロフィールに、折紙の知り得ない情報が記載されているのなら、言い値で買ってもいいと思う折紙だった。

「なー。たーのーむーよー」

「御免だっての！」

「ぐぅ……じゃあ勝手に書いて売り捌いてやるからな！」

「はいはい、勝手にしろっての」

「ええと……五河士道は実は女の子に興味がなく、本当は男が……」

「ちょっと待て！　何書いてやがんだ！」

「何だよ、勝手に書いていいって言っただろ！」

「勝手にもほどがあんだろそれはッ！」

「あーあ、五河が答えてくれればなー」

「ぐ……ッ」

士道は悔しげにうめくと、やがて観念したようにため息を吐き、髪をくしゃくしゃとかいた。

「好みのタイプねえ……別に、普通だよ。普通が一番だ」

「うっわ、一番面白みのない回答いただきましたー」

「うるせ。別に面白さなんていらねえだろ」

半眼を作りながら士道が言う。殿町は小さく肩をすくめてからメモ帳にペンを走らせていった。

「……普通が、一番」

隣の席でその回答を聞いていた折紙は、誰にも聞こえないくらいの声でその言葉を復唱し、小さく拳を握った。

そして、士道のさらに隣の席にちらと視線を向ける。

そこには、一人の女子生徒が座っていた。長い夜色の髪に、水晶の瞳。その貌を網膜に映すだけで折紙の幸せが一つ減っていくかのような不快感の塊・夜刀神十香である。

今でこそ人畜無害なふうを装って学校になぞ通っているが、彼女は人類に、世界に、甚大な被害を及ぼす『精霊』という怪物なのだ。

しかもどういうわけかこの女、折紙の恋人である士道に常につきまとい、折紙と士道の蜜月をことごとく邪魔してくるのである。折紙にとっては夏の夜耳元に飛ぶ蚊以上に鬱陶しい存在だった。

——だが。士道は今はっきりと言った。女の子は普通が一番、と。

そう。やはり士道は精霊などではなく、折紙のような普通の女の子が好きなのだ。折紙は表情を変えぬまま、フスー、と鼻から息を吐いた。

と、そんな折紙の視線に気づいたのか、十香が折紙の方を見返してくる。

「……む、なんだ貴様。何か用か？」

「別に」

折紙は悠然と言うと、視線を前方に戻した。そう。これが勝者の余裕である。敗者に構っている暇など——

「…………っ」

と。そこで折紙はぴくりと眉を動かした。

——普通が、一番。

頭の中で士道の言葉をもう一度復唱する。

折紙は、精霊を倒すための部隊・ＡＳＴの一員にして、外科手術で以て頭部に電子部品を埋め込んだ魔術師である。『普通』というには若干無理があるのでは……？　という懸念が、頭の中を掠めたのだ。

士道は折紙の恋人。士道が「普通が一番」と言った以上、『普通』の中に折紙が含まれているのは自明なのだが……やはりそこは折紙も女の子である。些細なことが気になってしまうお年頃なのだ。

とはいえ、今さら頭に埋め込んだ装置はどうにもならないし、両親の仇を取るために入ったＡＳＴを抜けることもできない。

「……せめて、それ以外でバランスを取らないと」

折紙はそう決意すると、くっと奥歯を噛んで顔を上げた。

この瞬間、折紙普通の女の子化計画が始まった。

○ステップ1　成績を抑えてみよう。

普通の女の子とは何か……折紙がそれを考えたとき、最初に頭に浮かんだのが学業の成績であった。

高校生活を過ごす上において、最も身近な順位であり序列。対外的な『普通』を数字で表すのに、これ以上のものはないだろう。

思ってみれば、折紙はこの高校に入学してから、テストでほとんど満点しか取っていなかった。無論、順位は常に学年一位。確かに普通というには少し極端かもしれなかった。

それに、よく頭の良すぎる女は敬遠されるともいう。無論士道がそんなことで折紙を嫌うなんてあり得ないのだが、不安材料は消しておくに越したことはないだろう。

幸い、折紙にとっては成績などどうでもいいものだった。テストの点数など、ただ取れるから取っていただけに過ぎない。

折紙はうんうんとうなずくと、とりあえず学業成績を普通にしてみようと決意した。


「……ったく、殿町の奴、覚えてろよ……」

四時間目の授業中。士道は苛立たしげに眉を歪めながら頬杖を突いていた。

結局あのあと、授業が始まるまで殿町の質問攻めは続いたのである。適当な回答でお茶を濁しはしたものの……殿町の詐欺商法に引っかかるような生徒がいないことを祈るばかりだった。

とはいえ、いつまでもそれに気を取られているわけにはいかない。今は四時間目・世界史の授業中なのである。士道は気を取り直すように細く息を吐くと、背伸びをしながら黒板に文字をしたためる岡峰珠恵教諭、通称タマちゃんに視線を向けた。

「はい。ここは重要ですから、よぉく覚えておいてくださいねぇ」

言いながら、タマちゃん教諭が身体の向きを変え、教卓に置いていた教科書を手に取った。

「さて……では、次の問題、わかる人はいますかぁ？」

そしてそう言い、教室中を見渡すようにゆっくりと顔を動かす。

だが、挙手をする生徒はいなかったようだった。タマちゃんが眉を八の字にしながら苦笑する。

「うーん……ちょっと難しすぎましたかねぇ。――仕方ありません。じゃあ鳶一さん、お願いします」

タマちゃんが頰をぽりぽりとかきながら、その名を呼ぶ。

タマちゃんの――否、この二年四組で授業をする教諭たちのほぼ全員が用いる最終手段である。学校一の秀才・鳶一折紙。解答者がいなかったり、どうしても正解が出なかったりする問題の請負人だ。

「…………」

士道の左隣に座っていた折紙が、無言でゆっくりと立ち上がる。

いつもの授業の、いつもの光景。そののち折紙が静かで抑揚のない声で完璧な正答を発し、タマちゃんが「はい、よくできましたぁ」と小さな拍手をする。二年四組の生徒であれば、何度も見てきたそんなやり取りが、今日もまた繰り返されるはずだった。

だが。

「——わかりません」

いつもの声、いつもの調子で折紙が言った言葉に、一瞬、教室の空気が凍りついた。

「……えっ？」

士道もまた、今耳にした言葉が信じられず、怪訝そうな顔を作って辺りを見回した。誰かが折紙の真似をして声を発したのでは……だなんて馬鹿げた考えが頭を掠めたのである。

だが、クラスの皆も士道と似たような顔を作り、折紙の方に視線を注いでいた。士道の右隣に座った十香だけが、皆の様子を不思議に思ってか、目を丸くしながらキョロキョロと辺りを見回している。

「え、えぇっと……」

そんな中、タマちゃんが何かを思いついたようにポン！　と手を打つ。

「あ！　も、もしかして、どの問題かわからなかったんですかぁ？　ち、ちゃんと聞いてないと駄目ですよぉ。今のは問三の——」

「いえ」

しかし、折紙はタマちゃんの言葉を遮るように首を振った。

「どの問題を問われたのかは把握しています。純粋に、答えがわかりませんでした」

「…………」

　タマちゃんはしばしの間呆けたように身体を硬直させてから、顔中にだらだらと脂汗を浮かばせた。

　そうしてから、どうしたらいいのかわからないといった様子で、チョークやら出席簿やらをバラバラと教卓から落としながらその場で右往左往し、ついには足をもつれさせ、その場に転んでしまった。

「せ、先生っ！　大丈夫ですか！」

　生徒が叫ぶと、タマちゃんは小刻みに震える手を上げながら、よろよろとその場に立ち上がった。

「ま、まままあ、鳶一さんにだってそういうときくらいあああああありますよね……、は、はい！　気を取り直して小テストいきましょう！　ね！」

　タマちゃんが有無を言わせぬ調子で言い、プリントを配り始める。いつもは「えー」と不満そうな声を上げるクラスの面々も、今日ばかりは黙ってプリントを後ろの席に送っていった。

「は、はい、では……始めっ！」

　タマちゃんが言うと同時、クラスの面々が一斉にプリントを表に向ける。

当のタマちゃんはといえば、皆が小テストに精を出している間、どうにか呼吸を落ち着け、先ほど落としてしまったチョークや出席簿を片付けていた。

そして、一〇分が過ぎたところで。

「――はい、では、後ろから用紙を回収してください」

なんとか落ち着きを取り戻したタマちゃんの声に従い、皆がプリントを前方に送り始めた。

そして、最前列に到達したプリントをタマちゃんが順に集めていき――

「ひぃッ!?」

最後、窓際の列のプリントを手に取った瞬間、信じられないものを目にしたような顔を作り、息を詰まらせた。

そしてそのままよろめくと、ガタンと壁に激突し、そのまま床にへたり込んでしまう。

「せ、先生……?」

「どうしたんですかー!」

「タマちゃんだいじょーぶー?」

クラスの面々が心配そうに、あるいは不審そうに声をかける。と、まるでそれに呼ばれたかのようなタイミングで、廊下からスリッパの音が響き、ガラッと教室の扉が開けられた。

「どうしたんですか、岡峰先生。さっきから騒々しいですよ」

そう言いながら顔を覗かせたのは、中年の男性教諭だった。学年主任を務める数学教師である。たぶん、隣のクラスで授業をしていたのだろう。

「あ……っ、ぅ、ぇ……っ」

しかしタマちゃん先生は顔を真っ青に染めたまま、陸に打ち上げられた魚のように口をパクパクさせ、手にしたプリントを指し示すのみだった。

さすがに不審に思ったのだろう、男性教諭がタマちゃんのもとに歩み寄り、その手からプリントを取る。

そしてそれに視線を落とし——

「んな……ッ!?」

一瞬にしてタマちゃんと同じ顔を作ったかと思うと、焦った様子で士道の隣——折紙の席まで歩いてきた。

「とッ、鳶一……？　どうしたんだ？　体調が悪いなら保健室に行った方が……」

「いえ。体調に問題はありません」

「な……なら、これは……」

言いながら、男性教論が小テストの答案を机の上に置く。

「え……っ？」

そこで、士道は目を丸くした。ちょうど隣の席だったものだから、小テストの紙面が見えてしまったのである。

その――半分しか解答が記されていないテストの紙面が。

「問題がわからなかっただけです」

「な……、な……」

折紙が平然とした調子で言うと、男性教諭は一瞬目と口を大きく開いたかと思うと、表情を憤怒に染め、タマちゃんのもとへと戻っていった。

「おッ、岡峰先生！　あなた一体どんな問題を出したんですか！　あの鳶一折紙が解けないだなんて……！」

「ふ、普通の問題ですよぉ……普段の授業を聞いていれば満点が取れる程度のものですっ！」

「だって現に、わからないって言ってるんですよ!?　はっ、まさか、問題そのものは普通でも、どこかの国の少数部族の言語で答えよとかそういう無茶な――」

「そ、そんなの私がわかりませんよぉ……」

タマちゃんが今にも泣いてしまいそうな顔で答える。

そんな光景を、折紙は無表情のままながらも、なんだか複雑そうな様子で見ていた。

「…………」

誤算だった。折紙は教室の前で繰り広げられる光景を見ながら机の下で手のひらに爪を突き立てた。

士道の前で普通の女の子アピールをするつもりが、予想外の悪目立ちをしてしまった。

これではまったくの逆効果である。

「……でも、まだ」

だが、まだ折紙の策は尽きていなかった。決意を新たに視線を鋭くし、折紙は小さくうなずいた。

○ステップ２　女の子はおしゃべりが好き。

キーンコーンカーンコーン……と聞き慣れたチャイムが鳴り、授業の終わりが示される。

結局あれから教諭たちはあたふたと慌てたままで、ろくに授業は進まなかった。最終的には、何か折紙に勉強が手につかないくらい重大な懸案事項があるという結論に達したらしく、「何かあったら遠慮なく言ってくださいね？」だとか、「うちの学校はいじめ問題にも積極的に取り組んでますからね？」だとか、「毎週月水金曜日はスクールカウンセラーの先生もいらっしゃってますからね？」だとか、妙に気を遣いながら教室を去っていった。

折紙はそんな言葉を適当に聞き流しながら、次なる折紙普通の女の子化計画に向けて考えを巡らせていた。

――伝え聞いた情報によれば、女の子というのはとにかくおしゃべりが好きらしい。

もともと口数も多くなく、あまり同年代の女子との会話に価値を見いだせない折紙ではあったが、確かに改めて観察してみると、クラスの女子たちは休み時間になるたびに特定のグループに分かれ、楽しそうにおしゃべりをしていた。きっと、これが普通の女の子ということなのだろう。

会話の内容はまちまちであるが、それらに共通しているのは、してもしなくても変わらないようなとりとめのないもの、というところであろうか。なるほど、彼女らは会話によって重要な情報を共有するというよりは、「おしゃべり」というコミュニケーション行為自体にある種の快楽を感じているようだった。

それが理解できれば話は早い。幸い今は昼休みである。早速折紙も、昼食がてら友だちとおしゃべりにしゃれ込もうと、弁当を持ちながら席を立った。

「…………」

だが。そこではたと気づく。

折紙には、普段何気なくおしゃべりをするような友人が、クラスにいなかったのである。

これは困ったことになった。折紙はごくりと唾液でのどを湿らせながら教室内を見渡した。

戦場においては隊員たちとの連携が必要不可欠であるため、ＡＳＴでは最低限のコミュニケーションを交わしているが、学校のクラスとなるとそれもない。話しかければ反応は示してくれるだろうが、それだけだ。

しかし。こんなところで諦める折紙ではない。

折紙は獲物を狙う猛禽の如く目を細めると、机を寄せ合った女子のグループに静かに近づいていった。

「シドー！　昼餉にしよう！」

そう叫び、十香が自分の机を士道のそれにドッキングさせてくる。

「はいはい……って、ん……？」

と、士道はそれに応じながら、違和感に首を捻った。

いつもなら十香と同時に机をひっつけてくるはずの折紙が、なぜか静かなままだったのである。

不審に思って見やると、折紙は弁当を手に静かに席を立つと、教室の前方で席を寄せ合っている三人の女子たちの方へと歩いていった。よく十香を構う三人娘、亜衣、麻衣、美衣トリオだ。

そして楽しげに談笑する彼女らの背に立つと、開口一番、

「——交ぜて」

抑揚のない声で、そう言った。

『え……っ？』

亜衣麻衣美衣が同時に声を発し、眉根を寄せながら辺りをキョロキョロと見回し——折紙に目を向ける。どうやら一瞬、折紙が発した言葉と認識できなかったらしい。

その気持ちは士道にもよくわかった。寡黙であまり人と交わらない折紙が、そんなこと

を言うだなんて、このクラスの人間であれば普通は思わないだろう。

だが、折紙はまっすぐな眼差しで三人を見据えると、再度唇を開いた。

「交ぜて」

「え、ええっと……」

亜衣が、困惑したように頬をかく。

「それって……私たちと一緒にお昼食べたいってこと？」

「そう」

「それは別に構わないけど……どうしたの、急に」

「おしゃべりがしたくなった」

「!? そ、そう……じゃあ、どうぞ」

美衣が訝しげに言いながら脇にずれる。

折紙はこくりとうなずくと、近場の椅子に腰掛け、三人の輪の中に加わった。

「…………」

「…………」

「…………」

案の定というか何というか、先ほどまで賑やかにおしゃべりをしていた三人の間に気まずげな沈黙が流れる。

しかし折紙はそんな空気に気づいていないかのような調子で弁当箱を開けると、不思議そうに首を傾げた。

「おしゃべり、しないの？」

「あ、ああ……す、するけど……」

麻衣が、なんだか落ち着かない様子で言い……そこで、何かを思い出したようにパン！と手を叩いた。

「あ、そ、そうだ！　みんな知ってる？　駅前のツインビルの中に、今度新しいセレクトショップが入るらしいんだよね。新装開店セールとかやるみたいだし、行ってみない？」

「えっ、ホントに？　いーじゃん、いこーよー。ちょうど夏物欲しかったのよねー」

「えー、どっちかっていうと亜衣は新しい水着なんじゃないのー？　去年のちゃんと入りますー？」

「万年幼児体型には言われたくないっつーの！」

「なにおーう、言ったなー？」

「――セレクトショップ？」

と。三人の会話に入っていくように、折紙が首を傾げる。

「ああ、えっと、要は服とか雑貨とかのお店よ」

「鳶一さんも興味あるのー？」

「あっ、ていうか鳶一さんは普段どんなお店行くの？」

　三人の問いに、折紙は小さくうなずいた。

「必要最低限の衣服は通信販売で済ませてしまう」

「へー、そうなんだ。ああ、でも私もたまに使うなー、ネットショップ」

「うんうん、便利だよねー」

「でも、実物見て選ぶのも楽しいよー？」

　美衣が言うと、折紙は一瞬考えを巡らせるような仕草をしてから口を開いた。

「そういえば、変わった洋品店を知っている」

「えっ、どこどこ？」

「天宮大通りの裏手側」

「へー。そっちの方にはあんまり行かないなー。どんなお店なの？」

「他にはあまり置いていない商品が並んでいる。私も何度かお世話になった。いざというとき非常に有用な店。覚えておいて損はない」

「何それ、すごーい。今度行ってみたいなー。どんなの買ったの？」

折紙は、三人の反応に、どこか得意げな様子でこくりとうなずきながら、続けた。

「メイド服と、スクール水着」

『え……っ』

「それと、犬耳、しっぽのセット」

『…………』

折紙の言葉に、三人は顔を見合わせた。

「私が購入したのは新品だけれど、中古品の販売も行っていた。ただ、なぜかそちらの方が値段が高かった。恐らく、ビンテージ品」

『…………』

「行く？」

折紙が問うと、三人はブンブンと首を振った。

「そ、そういえばさ！」

話を仕切り直すように、亜衣が必要以上に元気な声を上げ、鞄から小さなデジタルカメラを取り出した。

「どうよこれ。この前買っちゃったんだー」

「あー、何それ、かわいー！」

「えー、撮って撮ってー」

「はい、いいよー。ほら、鳶一さんも。はい、チーズ」

パシャッという音がして、シャッターが切られる。麻衣と美衣はピースサインを作ったが、折紙はまったくの無表情のままレンズの方を向いただけだった。

「えー、いいなー。いくらしたの？」

「ん、二万円くらいかなー。バイト代出たから買っちゃったのよねー」

「うわー、手が届かないわー。お大尽様だわー」

「――カメラなら、私も最近新調した」

と、再び折紙が会話に突入した。

「え、鳶一さんも写真とか撮るんだ」

「へー、なんか意外ー」

「どんなの買ったのー？」

「最新型のＣＣＤ」

『え……っ』

折紙の発言に、再び場が凍りつく。

「上手くカモフラージュすれば、プロでも気づくのは難しい」

『…………』

「欲しいのならば、手配する」

折紙が言うと、三人はまたもブンブンと首を横に振った。

「あ……っ、そ、そうそう！　それよりも！」

今度は美衣が、話題を変えるように亜衣の方を向く。

「今重要なのは、なんで亜衣がこんなタイミングでカメラを買っちゃったのかってことよ」

「あっ、もしかして、岸和田くんと何か進展が……!?」

麻衣が、目をキラキラと輝かせながら亜衣に視線を向ける。

しかし亜衣は目を伏せると、肩をすくめながら首を振った。

「ご期待のところ悪いけど、ぜーんぜんよ。こっちから誘いかけても、いまいち乗ってくれないのよねー。やっぱ脈なしなのかなー……」

「そんなことないってば！　岸和田くんド草食系なんだから、亜衣からいかないと！」

「そうそう！　一押し二押し三に押しよっ！　諦めちゃ駄目！」

麻衣と美衣が熱っぽく主張すると、それに同意を示すように折紙が首肯した。

「その意見には賛成。奥手な彼は、こちらがリードする他ない」

「おおっと！　鳶一さんから大胆（だいたん）発言出ました！」

「えーっ、鳶一さん、もしかして肉食系ー？」

麻衣と美衣がオーバーリアクション気味に叫（さけ）び、亜衣の肩を叩く。

「ほら、鳶一さんだってこう言ってるんだし、これからよ、これから」

「そうそう。強気に押していこーよ！」

「う、うーん、そうね。頑張（がんば）ってみる！」

亜衣が拳（こぶし）をグッと握（にぎ）り、決意を新たにするように力強くうなずく。

すると折紙が、それを応援（おうえん）するように小さく首肯した。

「——恋（こい）するあなたに、よく効くおまじないを伝授する」

「え？　おまじない？」

「へー、鳶一さん、意外と乙女（おとめ）チックー」

「いーじゃん亜衣ー、御利益（ごりやく）ありそうじゃーん。教えてもらいなよー」

麻衣と美衣が言うと、亜衣が「う、うん！」とうなずいた。

「どうやるの、鳶一さん」

「これを」

すると、折紙はポケットから小さな小瓶（こびん）を取り出し、机の上に置いた。

「これは……？」

「えー、なんか本格的じゃーん」

「すごーい。これをどうするの？」

「——適量をハンカチなどに染み込ませ、彼の口と鼻を覆う」

『え……っ』

折紙の発言に、三度空気が凍った。

「彼はイチコロ」

『………』

「既成事実作り放題」

またも、三人はブンブンと首を横に振った。

「な、何やってんだ、あいつ……」

士道は頰に汗を滲ませながら、うめくように呟いた。

○ステップ3　女の子は可愛いもの好き。

ステップ2は、なかなか上々な結果に終わった。

昼食を終えた折紙は、満足げにうなずきながら、士道の方をちらと見た。

すると、士道も折紙の方を見ていたのだろう、一瞬目が合い、士道が慌てた様子で視線を逸らす。

折紙は心の中でガッツポーズを取った。士道も、普段とは違う折紙の女の子としての一面にドッキドキのようだった。この昼休みだけでも、あの憎き夜刀神十香に大きなアドバンテージを作ることができただろう。

と、それを意識したところで、先ほど三人娘と交わした会話を思い起こす。

彼女らは昼休みが終わる寸前、「そ、そういえば、なんで鳶一さんは十香ちゃんのこと嫌うの？」「う、うんうん。あんな可愛い子見たら普通テンション上がっちゃうけどなー」「ねー」だなんてことを言ってきたのである。なぜかその語調には、必死で話を逸らそうとしている感があった気がしたが……まあ、気のせいだろう。

そう。どうやら普通の女の子の感性では、夜刀神十香は、あのおぞましき精霊は、「可愛い」ものらしい。

そして――普通の女の子とは、総じて可愛いものが好きなものであるという。

考えただけで虫酸が大運動会だったが、それが普通の女の子の定義であるというのであれば致し方ない。士道のためならば、折紙は鬼にも蛇にも向かう覚悟を完了しているのだ。

「…………」

折紙は放課後に狙いを定め、精神を集中させ始めた。


「シドー、帰ろう！　今日の夕餉は何だ⁉」

帰りのホームルームが終了すると同時、帰り支度を済ませた十香が士道の机に身を乗り出してくる。そのあまりに元気な様子に、士道は思わず苦笑してしまった。

「気が早えって。……でも、何にしようか。冷蔵庫も寂しかったし、ちょっと帰りがけに商店街の方に寄っていくか」

「おお！　買い物か！」

士道が言うと、十香が目をキラキラと輝かせた。

「シドー、シドー！」

「……はいはい、二つまでだぞ」

士道はやれやれと肩をすくめると、指を二本立ててみせる。何となく表情で理解できた。せっかく商店街にいくのだから、何か買い食いがしたいのだろう。

実際、それは正しかったようだった。十香が「うむ！」と元気よくうなずく。

と、それと同時、十香の背後に音もなく人影が現れた。——折紙だ。

「夜刀神十香」

「むっ」

名を呼ばれた途端、この上なく機嫌よさげだった十香の表情が、一瞬にして曇る。

「なんだ貴様。何か用か」

十香は敵意を隠すこともなく視線を鋭くしながら、首を回し、折紙を睨み付けた。

が、一瞬あと、その顔は驚愕と困惑がない交ぜになったものに変貌することとなった。

理由は単純。折紙がガバッと十香をハグしたのである。

「な……ッ、何をする……!?」

「…………」

折紙が一瞬眉をひそめ、まるで嘔吐感を抑えるかのような表情を作る。が、折紙はすぐに顔をもとに戻すと、なでりなでりと十香の頭を撫で始めた。

「可愛い。可愛い」

十香がジタバタと手足を蠢かせるも、折紙はその動作を止めず、抑揚のない声でそう言った。……なんだか、妙に不気味な光景である。

「この……っ！」

どうにか十香が折紙のなでなでを振り切り、距離をとる。

「きッ、貴様！　急に何のつもりだ！」

「あなたが可愛いので撫でただけ。普通の女の子の普通の行動」

「な、何が狙いだ!?」

「狙いなどない。強いて言うなら、あなたと仲良くしたいだけ」

『な……っ!?』

折紙の言葉に、士道と十香の声が見事にハモった。

「買い物に行くのなら、私も連れていってほしい」

「ふ、ふざけるな！　誰が貴様なぞ……！」

「お、落ち着け、十香」

士道はいきり立つ十香を宥めると、表情をぴくりとも変えない折紙の方に目をやった。

……今日の折紙はおかしい。明らかに、普通ではない。

四時間目の授業中もそうだったし、昼休みの挙動もいつもの折紙とは思えなかった。その後の授業も上の空で、熱でもあるのではと思ったほどだ。

だが……如何に折紙の様子がおかしくとも、今この状況は、士道にとってマイナスばかりではなかった。

何しろ、あの折紙が。恐らく士道の知る中で最も精霊を嫌っているであろうＡＳＴの鳶一折紙嬢が、十香と仲良くしたい、と言い出したのである。

もしかしたら、十香の言うように何か狙いがあるのかもしれない。何かの気まぐれや、一過性のものかもしれない。

しかし、如何な理由があるにせよ、これは奇蹟にも近い好機であったのだ。

「なあ、十香。折紙もこう言ってるんだし、一緒に連れていってやってもいいんじゃないか？」

「な……し、シドー!?　こやつの言うことを信じるのか!?」

「いや……そういうわけじゃないんだが……駄目か？」

「ぬ、ぬぅ……」

十香はしばし困った顔を作ったのち、ビッ！　と折紙に指を突きつけた。

「か、勘違いするなよ！　シドーが言うから仕方なくだぞ！」

「…………」

そんな十香の言葉に、一瞬折紙は苛つくように眉の端をぴくりと動かした。が、先ほどと同じように、すぐさま表情をもとに戻し、こくりとうなずく。

「うれしい」

折紙が言うと、十香が気味悪がるようにビクッと肩を震わせた。

「ひ……ッ!?」

「……おい、貴様、もっと離れて歩かんか」

「これが適正距離」

「あ、明らかに近いだろう！」

「私は普通の女の子の行動をしているだけ。女の子は可愛いものに目がない」

「は、ははは……」

士道は、商店街の通りを並んで歩く十香と折紙を見ながら苦笑した。

否、並んで歩く……というのには若干の語弊が含まれるだろうか。普通に歩いている十香に、折紙がぴたりとくっついているのである。それを嫌がる十香が距離を開けようとし、さらにそれを折紙が追い……というのを繰り返しているものだから、段々と進行方向がずれていってしまう。

……だが、なぜだろうか。十香は仕方ないにしても、折紙の方も妙に顔色が悪い気がしたのである。

「折紙……？　おまえ、大丈夫か？　なんか無理してる気が……」

「？　なんのことを言っているのかわからない」

士道が問うと、折紙は有無を言わせぬ調子で返してきた。明らかに気分が悪そうだったが……どうやら何もないで通すつもりらしい。

「そ、そうか……」

そうまで言われてはそれ以上追及することもできない。士道はおとなしく引き下がった。

と、折紙に追いすがられた十香が、弱々しい声を上げてくる。

「し、シドぉー……」

さすがに段々かわいそうになってきた。士道は頭をぽりぽりとかくと、再度折紙に声を上げた。

「な、なあ、折紙。十香も歩きづらそうだし、もうちょっと離れてもいいんじゃないか？」

「……それは、普通の行動？」

「え？　ああ……たぶん、そうだと思うけど」

「そう」

折紙は小さくうなずくと、存外素直に十香から距離を取った。十香が、はあとため息を吐く。

すると、そこで気が緩んだのか、それと同時に十香のお腹がコロコロコロ……と可愛らしい音を立てた。

「むう……シドー、何か食べていいか？」

「ああ、いいぞ。この辺だと……あ、あそこにクレープ屋があるぞ」

「おお！　クレープか！　それはいいな！」

十香が先ほどまでの表情を一変させ、顔をパァッと明るくする。

するとその瞬間、十香の隣から折紙が駆け出したかと思うと、素晴らしい速さでクレープを一つ買い、十香のもとに舞い戻ってきた。

「はい」

そして、そのクレープを十香に差し出す。

予想外の行動に、十香が顔に警戒の色を浮かばせ、一歩後ずさった。

「な……なんのつもりだ？」

「……？　チョコバナナは嫌いだった？」

「いや、大好きだが……そういうことではなく」

「はい」

折紙が、再度十香にクレープを差し出す。十香は訝しげな視線で折紙を睨め付けながらも、そろそろと手を伸ばし、それを受け取った。

そして、くんくんと匂いを嗅ぎ、ペロリとクリームを舐め、安全を確認してから、ぱくりとそれにかぶりつく。

「……む、美味い……」

折紙に手渡されたもの、という先入観と、舌に感じた甘みの境目で、十香が複雑そうな顔を作りながら言う。

だが、美味しかったのは本当らしい。二口目はさらに豪快に、大口でクレープにかぶりつく。ほっぺに、ちょん、と生クリームがついた。

と、そこで折紙がぴくりと眉を動かしたかと思うと、すっと十香に顔を近づけ、頬についた生クリームをペロリと舐め取った。

「ひ……ッ!?」

十香が肩をビクッと震わせ、顔を真っ青に染める。

しかし折紙は構わず、表情をピクリとも動かさぬまま、人差し指で十香の鼻をちょん、と突いた。

「あわてんぼさん」

「……!?　……!?」

十香が目を白黒させながら、今し方舐められた頰を手で押さえ、一歩後ずさる。

だが、折紙は動かなかった。十香の鼻を突いたままの姿勢で、その場に停止していたのである。

「お、おい、折紙……？」

さすがに不審に思った士道が折紙の肩に手をかけると――

「う、うわっ!?」

折紙は、その姿勢のまま、地面にビターン！　と倒れてしまった。

◇

「ん……」

小さなうめき声とともに、折紙は目を覚ました。

すぐに、自分がベッドに寝かされていることがわかる。痛む頭を押さえながら、ゆっくりと身体を起こす。

「……ここは……」

折紙は小さく呟きながら辺りを見回した。白いカーテンで仕切られた空間である。外から夕日が差しているのだろうか、天井が赤く染まっていた。

「お、目が覚めたか」

と、聞き知った声が鼓膜を揺らすと同時、周囲を覆っていたカーテンが開かれる。夕日の光が眩しいくらい視界に溢れた。

「大丈夫か、折紙。やっぱり無理してたんじゃねえか」

「士道……」

そう。そこに立っていたのは士道だった。

目が慣れるに従い、辺りの様子が窺い知れるようになってくる。どうやらここは、高校の保健室らしかった。

「士道が……運んでくれたの？」

「ん……ああ、まあな。でも、十香も手伝ってくれたんだぞ。あとでお礼言っておけよ」

「…………」

その名を聞くと同時、折紙は思わず口元を押さえた。

「お、おいおい……」

士道が苦笑しながら、ベッドの隣に置かれていた丸椅子に腰掛ける。

「それで、一体今日はどうしたんだよ。普通じゃないぞ、明らかに」

「……………！」

普通じゃない。その言葉に、折紙は愕然と目を見開いた。

「な、なんだ、どうしたんだよ……」

そんな折紙の様子に気づいたのだろう、士道が眉を歪めてくる。

もう隠し立てしても仕方あるまい。折紙は静かに語り始めた。

「……普通の女の子に、なろうと思って」

「ふ、普通……？」

士道が怪訝そうに顔をしかめる。

「ま、まあいいや。……なんでまたそんなことを？」

「士道が、普通の女の子が好きといったから」

「え？」

士道は虚を突かれたように目を丸くし、すぐに何かに思い当たった様子で「あ」と小さく声を発した。

「……でも、駄目だった。私は、普通にはなれなかった」

「い、いやいや、あれは殿町がしつこいから適当に答えただけでだな。俺は別に……」

「！　本当？」

折紙は、バッと顔を上げた。すると、士道が頬をかきながら続けてきた。

「あ、ああ。……なんつーか、俺のタイプとか関係なくさ、折紙は……折紙らしくていいんじゃないか？　そりゃもちろん、俺としては十香と……」

「わかった」

折紙は、士道の言葉を遮るように首肯した。

「あなたがそう言うなら、明日からはいつも通りにする。私は——あなたの彼女だから」

「や、え、ええと……う、むう……」

折紙が言うと、士道はなんだか複雑そうな様子で目を泳がせた。

狂三キャット

CatKURUMI

DATE A LIVE ENCORE 4

　空は青く、雲は白く。そして空気は茹だるように暑く。

　絵に描いたような初夏の陽気である。目映く輝く日が辺りに照りつけ、アスファルトの道をじりじりと灼いていた。気の早い蟬が鳴き声を響かせ、閑静な住宅街をいやに賑やかに彩っている。

　そんな中を、狂三は一人、上機嫌そうに鼻歌など口ずさみながら、ゆっくりとした歩調で歩いていた。

　長い闇色の髪を肩口で二つに結わえた少女である。ただ立っているだけでも汗ばむような陽気の中、長袖のブラウスにモノトーンのロングスカートという出で立ちをしているというのに、汗一つかいていなかった。もしその場に立ち止まっていたならば、その息を呑むような美貌も手伝って、彼女を精巧な人形と思う人もいたかもしれない。

「……ふふっ、まずは一歩進展というところですかしら」

　狂三は楽しげに呟くと、ぺろりと唇を舐めた。

　精霊の霊力をその身に蓄えた少年。実際その目で見るまでは半信半疑であったが、確かにそれは存在したのである。

　彼を喰らいさえすれば、狂三は精霊三人分もの霊力を得ることができる。【一二の弾】

を用いたとしても、お釣りが来るくらいの膨大な霊力を。

「ふふ……でも。士道さんは最後のお楽しみ……ですわねぇ」

言いながら、狂三は左手を持ち上げ、数度握ったり開いたりを繰り返した。

一度失い、【四の弾】によって再生させた手を。

と——そのとき。

どん、と軽い衝撃が胸元に生まれたかと思うと、前方から「きゃっ」という小さな悲鳴が聞こえてきた。

「あら？」

視線を下の方にやる。すると、足下に小学四年生くらいの女の子が尻餅をついているのが確認できた。どうやら、歩いていた狂三にぶつかってしまったらしい。

「あらあら、申し訳ありませんわ」

言って、手を差し出す。女の子は一瞬ビクッと肩を揺らしてから、おずおずと狂三の手を取ってきた。

そのまま女の子の身体を引っ張り上げてから、膝を軽く払ってやる。すると女の子はペコリと頭を下げてきた。

「あっ、あの……ごめんなさい。急いでたもので……」

「いいえ。わたくしも考え事をしておりましたし、お互い様ですわ」

言いながら、狂三は女の子を観察するように視線を這わせた。狂三とは対照的に涼しげな格好をしているのだが、これまた狂三と正反対に、額には玉のような汗が光っている。なるほど、急いでいたというのは嘘ではなさそうだった。

「す、すいません、私……」

「ああ、わたくしのことならお気になさらず。急いでおられるのでしょう?」

「本当に……すいません」

女の子が、もう一度深くお辞儀をして、走り去っていこうとする。

が、そこで何かを思い出したように急に足を止めると、手にしていた鞄の中からチラシのような紙を一枚取り出し、狂三に手渡してきた。

「あ、あの……これ……」

「はい?」

首を傾げながらその紙に目を落とす。

そこには、真っ赤な首輪をつけた三毛猫の写真と、その猫を捜している旨の文言、そして周辺の地図と連絡先が印刷されていた。どうやら、いなくなってしまった飼い猫を捜しているらしい。

「すいません……もし見かけたらでいいので……お願いします」

「はあ」

狂三が気のない返事をすると、女の子はまたも深々と頭を下げてから道を駆け出していった。しばらく走ったところで段差に躓いて転びそうになり——どうにか体勢を立て直してまたも走っていく。……なんだか、また誰かにぶつかってしまいそうだった。

「捜し人ならぬ捜し猫……ですの」

狂三はふうと息を吐くと、もう一度手渡された紙に視線を這わせ——それを適当に折り畳んでポケットに放った。

「申し訳ありませんけれど……わたくしもそんなことに時間を割いていられるほど暇ではありませんの」

そう言って、狂三はツカツカと道を歩いていった。

そう。今はそんなことに構っている場合ではないのだ。

やるべきことは途方もなくあり、しかし時間は有限である。いなくなった猫の捜索だなんて些末なことに割いている時間など、狂三には一秒たりともないのだ。

「…………」

だが。

狂三は無言のまま足を止めると、紙を取り出し、フンと鼻から息を吐いた。

「……そういえば、この前補充した『わたくしたち』は、まだ何も仕事をしたことがありませんでしたわ」

そしてそんなことを呟きながら再度歩みを進め、路地裏の方へ向かっていく。

「いきなり実戦や諜報に使うのも気が引けますし……何か軽く訓練をしておくのも必要かもしれませんわね」

薄暗い路地裏の奥まで至ったところで歩みを止め、カッ、と踵を地面に打ち付ける。

すると、狂三の足下に蟠っていた影が一瞬にしてその面積を増し、路地裏を埋め尽くさんばかりに広がった。

そして、狂三がパチンと指を鳴らすと、地面や塀に広がった影から一斉に白い手が生え――幾人もの少女たちが顔を覗かせた。

左右不均等に結われた髪に、左目に刻まれた時計の文字盤。そう。身に纏う衣服や髪型こそ違うものの、影から現れたそれは、全てが狂三と同じ顔をしていたのである。

「――『わたくしたち』」

狂三がそう言うと、『狂三たち』はその一言のみで狂三の意図を察し、くすくすと笑いながら路地裏から飛び出し、あるいは民家の屋根に跳び上がり、あるいは影の中に再度潜り——街中に散らばっていった。

◇

「あー……もうすっかり夏だな」

日の照りつける路地を歩きながらそう呟き、士道は軽く伸びをした。

時刻は一三時三〇分。今日は学校が休みであったため、早めに買い物を済ませてしまおうと商店街に向かっていたのだが……予想以上に日差しが強い。正直、もう少し日が陰ってから出かければよかったと思う士道だった。

「むう、どうしたシドー、元気がないぞ？」

が、士道の前を行く少女は、士道とは対照的に、やたらと元気よく跳ね回っていた。

長い夜色の髪に、およそ自然に生まれ得たとは思えない水晶の瞳。一度目にしたなら生涯その目に焼き付きかねない特異な印象を持った少女である。

しかし今は、その身に纏った夏らしい身軽な装いと、無邪気で元気な仕草が醸し出す溌剌とした雰囲気とが、それらの神秘的なイメージを覆い隠していた。

夜刀神十香。士道のクラスメートにしてお隣さん。そして——かつて士道が力を封印した精霊の一人である。

今日は、士道が買い物に行くと見るや、「私も！　私も行くぞ！」と手早く身支度を整えてついてきたのだ。

「はは……元気だな、十香は」

「うむ！　先ほど昼餉を食べたばかりだからな！」

言って、十香が胸を張る。士道はもう一度苦笑すると、ぴょんぴょんと子犬のように跳ねる十香のあとを追って道を進んでいった。

「ぬ？」

と、士道の先を歩いていた十香が不意に足を止めたかと思うと、突然地面に屈み込み、駐車してあった車の下を覗き込んだ。

「ん？　何してるんだ、十香」

「む……」

士道が近づいていくと、十香は車の下に向かって手を伸ばした。そして、しばらくごそごそと車の下を探ったあと、そこから一匹の猫を引っ張り出した。

「ね、猫？」

士道は目を丸くした。赤い首輪をつけた三毛猫である。日陰から急に明るい場所に引っ張り出されたからか、眩しそうに目を細めていた。

「寝てたんなら起こしてやるなって。……まあ、車の下じゃ危ないかもしれないけど」

　士道が言うと、十香がふるふると首を振った。

「違うのだ。見てくれ、シドー」

　言って、三毛猫を抱いた十香が士道の方を向いてくる。

　よく見やると、三毛猫の左後ろ足から、少し血が滲んでいることがわかった。

「あ……怪我してるのか」

「うむ。手当てしてはやれんだろうか」

「んー……うちにも応急処置セットくらいはあるけど、プロに頼んだ方がいいよな……よし、ちょっと方向変わるけど、動物病院に行ってみるか」

「うむ！」

　十香が大きくうなずく。それに応ずるように猫が「なぁーご」と鳴いた。

「おお、私たちの言っていることがわかるのか？」

「いやいや、まさか。……でも、首輪してるってことは飼い猫だよな？　人にも慣れてるみたいだし。本当なら飼い主が見つかるのが一番なんだけど――」

　と。士道はそこで、不意に後方を振り向いた。

　何か、背後から視線のようなものを感じたのである。

「ぬ？　どうかしたのか、シドー」

「ん……今、なんか」

言いながら辺りを見回すも、おかしなところはない。

士道はぽりぽりと頰をかくと、小さく首を傾げた。

「いや……なんでもない。行くか」

「うむ！」

十香は、元気よく首肯した。


「……あら、あら、あら」

路地裏から表通りを覗き込みながら、狂三は微かに眉根を寄せた。

分身体の一人から、件の三毛猫を発見したとの報告を受け、現場に駆けつけてみたところ……何やら奇妙な状況になっていたのである。

狂三の視線の先にいたのは、件の三毛猫を抱いた美しい少女と、それと並んで歩く優しそうな少年だった。

その顔には覚えがあった。そう……夜刀神十香と五河士道である。

「これは……困ったことになりましたわねぇ」

狂三はふぅむとあごに手を当てた。よりにもよって、狂三の捕食対象と、それを守護する精霊に目的の猫が拾われてしまっているとは。

正直、あまり望ましくない状況だった。

無論、狂三の〈刻々帝〉は最強の天使である。士道に力を封印された十香など恐るるに足りない。力ずくで猫を奪おうと思えば、ことを成すのは容易いだろう。

だが……事態はそう簡単ではないのだった。

たとえば二人の前に出ていったとして……狂三は一体なんと言えばいいのだろうか。

「猫を渡せ」？　いやいや、そんなにストレートに言ったとしても、あの二人が素直に応じてくれるとは限らない。猫を狙う理由などを聞かれたなら、狂三は答えに窮してしまう。

「いかがいたしますの？」

と、狂三が考えを巡らせていると、隣からそんな声が聞こえてきた。狂三のものとまったく同じ声音。見やると、先ほど猫を見つけた分身体が、壁に蟠った影から上半身を覗かせていた。

狂三はフンと鼻を鳴らすと、手にしていた猫捜索のチラシに視線を落としてから、再度士道と十香の背に目をやった。

「やりようなどいくらでもありますわ。別に、わたくしが猫をあの子に届けなければならないわけではありませんもの。――なら、士道さんと十香さんに気づいてもらうまでですわ」

狂三はそう言うと、チラシを持った手を小さく掲げた。

士道と十香は、当初の予定であった商店街から進路を変更し、動物病院への道を歩いていた。

猫の怪我の具合を見るに、すぐさま命に関わるような重傷ではないことはわかった。が、放っておいては衰弱してしまうだろうし、感染症を引き起こすやもしれない。素早く、しかしできるだけ震動を与えないようにしながら、普段はあまり歩かない道を進んでいく。

「それで、シドー。動物病院というのはどこにあるのだ？」

と、片手で日よけをしながら猫を優しく抱き、歩みを進めていた十香が問うてくる。士道は考えを巡らせるように視線をふっと上方にやりながら答えた。

「確かこの道をまっすぐ行って、大通りに出たところを左に行くと見えてくるはずだ。動物病院なんてまず行かないからうろ覚えだけどな」

「ふむ……なるほど。覚えておこう」

「え？」

「またこやつのように怪我をしている動物がいたら、連れていってやれるようにしておかねばならん。今日はシドーがいたから良かったが、私だけではどうすればいいかわからなかった。己の未熟を恥じるばかりだ」

「はは、そうだな。でも、十香がいなきゃそもそも俺はこいつがいることにすら気づかなかったんだぜ？」

士道が言うと、十香は「……おお！」と表情を明るくした。

「ふふ、幸運なやつめ。私とシドーがいてよかったな！」

十香が顔を笑みの形にし、猫の喉元をこしょこしょとくすぐる。猫が気持ちよさそうに鳴き声を上げ、「もっと」というように身をよじった。

「ぬ、なんだ、愛いやつめ。ここか」

そんな反応に気をよくしたのか、十香が楽しげに続けた。すると猫がまたも「なぁーご」と鳴き、ぺろぺろと十香の指を舐めてくる。

「おお……！　し、シドー！　こやつは動物病院に連れていったあとどうするのだ？　か、飼っては駄目か？」

「え？　いやいや、首輪してるんだし、飼い主捜さないと」

「む、むう……そうだったな。だ、だがもし見つからなかったら……」

「まあ、そのときは……」

士道が言いかけると、十香が真剣な眼差しでジッと見つめてきた。頬に汗を滲ませながら、続ける。

「……十香の部屋がペットOKかどうか琴里に確認だな」

「お……おお！」

士道が言うと、十香は目をキラキラと輝かせ、猫をぎゅうと抱きしめた。

「おいおい、怪我してるんだからあんまり……」

と、士道はそこで眉をぴくりと動かした。

道行く士道たちの先に聳えた塀に、張り紙のようなものがしてあったのである。

一瞬選挙ポスターかとも思ったが――違う。そこに印刷されていたのは人の顔ではなく、猫の――

「！　シドー！　見てくれ！　ぷにぷにだぞ！」

「ん？」

が、その張り紙の詳細を見取ろうとしたところで、隣から十香の声が響き、注意をそちらに引かれた。

見やると、十香が興奮した様子で三毛猫の肉球（無論、怪我をしていない前足である）をぷにぷにしていることがわかる。

「す、すごいぞシドー！　なんだこれは！」

「ああ、肉球だよ。犬や猫なんかの足についてるんだ」

「にくきゅう……？」

十香は小さく首を傾げたのち、何かに気づいたようにハッと目を見開いた。

「肉の……球。もしや、ミートボールとはこれを煮込んだものだったのか⁉」

「違う。英語で直訳したら確かにそんな感じになりそうだが、違う」

首を横に振りながら否定を示す。……なんだか少し嫌な想像をしてしまった。

「ふむ、なるほど……よし、決めたぞ！　おまえの名前はにくきゅうだ！」

十香がそう叫び、うんうんとうなずく。

「お、おいおい、まずは飼い主捜すんだぞ。気が早すぎないか？」

「そんなことはないぞ。飼い主を捜すにしても、それまでの間こやつを呼ぶのに困るだろう。それに……シドーが私に名をくれたように、私もこやつに名をつけたいのだ」

「ん……そっか」

士道はうなずき――そこで、「あ」と小さく声を発した。

そんな会話をしているうちに、二人は先ほどの張り紙を通り過ぎてしまっていたのである。

「……ま、いいか」

気にならないではなかったが……わざわざ道を戻ってまで確かめるようなものでもないだろうし、今はこの猫を病院へ連れて行くのが先決である。士道は頭をぽりぽりとかくと、十香とともに動物病院への道を急いだ。


「………」

士道と十香が道を通り過ぎてから。

塀の陰から姿を現した狂三は、塀の表面に貼りつけていたチラシを、乱雑にベリッと剝がした。

そう。狂三は士道と十香の行く道を予想して先回りをし、できるだけ目立つ位置にこの捜し猫のチラシを貼りつけておいたのである。

あの三毛猫が飼い主の女の子のもとに戻るのであれば、それは狂三の手柄でなくとも構わない。むしろ、そちらの方が都合がいいくらいだった。

実際、士道がこのチラシの存在に気づいてさえくれれば、すぐさまここに記された番号に電話をかけてくれたろう。そうすれば万事解決、みんなハッピーだったのだ。

だが——実際はそう上手くはいかなかった。なんとも絶妙なタイミングで十香の茶々が入り、綺麗にスルーされてしまったのである。

「ち……もう少しでしたのに。十香さんたら、余計なことをしてくださいますわね」

狂三が苛立たしげに言うと、誰もいないはずの場所から、くすくすと笑い声が聞こえてきた。

「あらあら、気づいていただけませんでしたわね」

「どういたしますの？」

「やはり、このように回りくどい手段ではなく、直接行った方がよろしいのでは？」

塀から、壁から、地面から、同じ顔をした『狂三たち』がひょいと顔を覗かせ、口々に言ってくる。

「お黙りなさい、『わたくしたち』。策はまだ尽きていませんことよ」

「と、仰られますと。一体いかがいたしますの？」

分身体の一人が小首を傾げて尋ねてくる。狂三はフンと鼻を鳴らしてから、手にしたチラシを二つ折りにした。

「作戦の方向は間違っていませんわ。要は、こちらから士道さんにチラシの存在を知らせればよいのですわ」

言いながら、狂三はチラシを複雑に折り込んでいった。

「ふふーん、にっくきゅー、にっくきゅー、にっくにっくきゅー」

「なんだ、その歌……」

よほどその猫が気に入ったのか、謎のオリジナルソングを口ずさむ十香と並んで歩きながら、士道は力なく苦笑した。

と。

「ん……？」

道中、士道は足を止め、後方を振り返った。

何やらトン、と背をつつかれた気がしたのである。

「む、どうしたのだ？」

「いや、今……」

士道は視線を巡らせ――顔を下に向けながら眉を動かした。

「これは……」

言いながら膝を折り、士道のすぐ背後に落ちていたものを拾い上げる。

そこには、何やらチラシのような紙で折られた紙飛行機が落ちていたのである。

どうやら、先ほどの感触は、これによるものらしい。辺りに人影は見えないが……近所の子供がいたずらで飛ばしたのだろうか？

「あれ？　この紙……」

士道は訝しげに眉根を寄せた。その紙飛行機が、新聞に挟まっているようなチラシで折られているようなものではないことに気づいたのである。家庭用のプリンターで出力されたような画像に、文字。そしてご丁寧なことに、羽の部分に手書きで『開けてくださいまし』と書かれていた。

「……随分丁寧な落書きだな」

士道は頬に汗をひとすじ垂らしながら、その文言の通り紙飛行機を解いてみようと折り目に手をかけた。

「む？　なんだそれは」

と、そこで十香が、興味深そうに士道の手元を覗き込んでくる。

「ん？　ああ、紙飛行機だよ。なんか、誰かが俺に飛ばして寄越したみたいなんだ」

「紙飛行機？　なんだそれは」

「まあ、言葉の通り紙で作った飛行機だよ。こうして投げると飛んでいくんだ」

「な、なんと！」

紙飛行機を投げるような構えを取りながら士道が言うと、十香は目をキラキラと輝かせ、抱いていた猫を士道に優しく差し出してきた。

「シドー、こやつを持っていてくれ！」

「え？　あ、ああ。それはいいけど……」

小さくうなずき、猫を受け取る。すると十香は、猫と交換するように士道の手から紙飛行機を取っていくと、大きく振りかぶってそれを空高く投擲した。

「とりゃっ！」

「あ……っ！」

士道が声を発したときにはもう遅かった。十香の膂力と風の流れが上手く嚙み合ったのだろう、紙飛行機はそのまま遠くまで飛んでいってしまった。

「おお、本当だ！　すごいぞシドー！　シドーの言ったとおり紙が飛んでいったぞ！」

「お、おいおい……」

何が書いてあったのか確認する前に投擲されてしまった。士道は飛行機が飛び去ってしまった空を見上げながら眉根を寄せた。

まあ、とはいえもともといたずらで投げて寄越されたものである。紙を開いたら『バカが見る』と書かれているとか、そんなところだったろう。士道はそう結論づけて息を吐いた。

が、十香はそんな士道の表情の変化を敏感に感じ取ったのか、肩をすぼませて申し訳なさそうな顔を作った。

「し、シドー……もしかして、今のは投げてはいけないものだったか……？　す、すまぬ、今すぐ捜して——」

「ああ、いや、大丈夫だよ。投げるような格好した俺が悪かったんだ。どうせ大したことは書いてなかっただろうし、気にするなって」

「しかし……」

「それより、早くこいつの手当てをしてやろうぜ。な？」

ニッと微笑みながら猫を差し出す。すると十香は弱々しく歪められていた眉をキリッと上げると、決意に満ちた眼差しで士道を見ながらこくりとうなずいた。

「と・お・か・さぁぁぁぁぁぁン……！」

壁の陰から顔を出し、段々と遠くなる士道と十香の背を睨め付けながら、狂三は悔しげに歯噛みした。

ただ塀に貼っただけでは気づいてもらえないと悟り、チラシを紙飛行機にして直接士道目がけて飛ばし——念のため注意書きまでも書き添えていたというのに、またも十香の邪魔が入ってしまったのである。

「一度ならず二度までも……！　なにかわたくしに恨みでもございまして……ッ⁉」

忌々しげに言うと、またも周囲から声が聞こえてきた。

「それは、まあ、少なからずあるのではありませんこと？」

「あれだけ暴れたわけですし、士道さんを狙っているんですもの」

「え……もしかして恨まれていないとでも思っていましたの？」

周囲に蟠った影から、モグラたたきのモグラのように顔を出した分身体たちが、口々に言ってくる。狂三は苛立たしげに舌打ちをすると、それらの頭をポカッ、ポカッ、ポカッ、と小突いた。

「あたっ」

「きゃっ」

「うう、酷いですわ」

分身体たちが頭を押さえながら、恨みがましい視線で狂三を見てくる。

しかし狂三は意に介さず、士道と十香の背を見つめながらギリと歯を嚙みしめた。

「もォォォォォ容赦しませんことよ！　この手だけは使いたくありませんでしたけれど、こうなったら引っ込みがつきませんわ……！」

「な、何をなさるおつもりですの？」

分身体の一人が怪訝そうに問うてくる。狂三はそちらを一瞥すると、静かに唇を開いた。

「もうチラシは使えない。ならば、アプローチを変えるしかありませんわ……！」

「アプローチを変える……と申しますと？」

「――簡単な話ですわよ。あの猫さんを、士道さんたちのもとからこちらに呼び寄せればよいのですわ」

『……ッ!?』

狂三が言った瞬間、辺りに出現していた分身体たちが一斉に顔を戦慄に染めた。

「ま……まさか、アレをやるつもりですの？」

「そんな、危険すぎますわ！　如何に猫さんのためとはいえ、そこまでやる必要がどこにありまして!?」

「考え直してくださいまし！　万が一見つかったなら、あの姿を士道さんたちに晒すことになりますのよ!?　それが何を意味するか、わからないはずがないでしょう!?」

さすがに皆、狂三と存在を同じくする分身体たちである。あの一言で狂三の意図を察したらしい。

だが、どんなに止められても、狂三の決意は揺るがなかった。

「お黙りなさい！　これはもうわたくしの面子の問題ですわ！　どんな些細なことであれ、わたくしの目的を妨げるだなんて、何人たりとも絶対に許しませんことよ！」

狂三はそう叫ぶと、幾人もの分身体たちとともに、地面に蟠った影の中に消えていった。

「さ……あそこの角を曲がればすぐだぞ」

「おお、よかったなにくきゅうよ。これでもう痛くないぞ！」

士道が前方の曲がり角を指さすと、十香が大仰にうなずきながら声を上げた。ついでにそれに呼応するように、猫が「なぁーご」と鳴き声を発する。

しかし、その瞬間、十香と猫が同時にピクッと身体を揺らすと、これまた同時にキョロキョロと辺りを見回し始めた。

「ん、どうしたんだ？」

「む……何か鳴き声がしないか？」

「鳴き声？」

言われて耳を澄ませてみると、確かに十香の言うとおり、何やら「ミャ〜オ、ミャ〜オ」という、可愛らしい猫の鳴き声が聞こえてきた。

「……ん？」

士道は妙な違和感に眉をひそめた。別に士道は猫語に精通しているわけではないのだが……なんだかこの鳴き声は、妙に色っぽいというか、誰かを誘うようなニュアンスが含まれているような気がしたのである。

と——そのとき。

「あっ！」

十香の声が響いたかと思うと、十香の腕から猫がぴょんと飛び降り、左後ろ足を引きずるような格好になりながら、路地裏の方に走っていってしまったのである。

「シドー、にくきゅうが！」

「ああ、追うぞ、十香！」

「うむ！」

士道と十香は、猫を追って走り出した。

相手は素早い動物である。普通であれば到底追いつけはしなかっただろう。だが、後ろ足を負傷しているとなれば話は別である。猫と二人の距離は徐々に詰まり——

「とうっ！」

路地裏に入り込む寸前、十香が猫を捕まえた。

「よし、捕まえたぞ！」

「おう！　よくやったぞ十——」

十香から一拍遅れてそこに辿り着いた士道は、そこで言葉を止めた。

理由は非常に単純である。猫が入り込もうとしていた路地裏。そこに、まったく予想外の光景が広がっていたからだ。

「……く、狂三？」

士道は、困惑と驚愕に震える声でその名を呼んだ。

そう。そこにいたのは一人の少女だった。狂三。かつて士道たちのクラスに転入してきたクラスメートであり——自らの意志で人を殺す、『最悪の精霊』と称された少女である。

そんな彼女が、猫のように四つん這いになりながら、「ミャ〜オ」と、文字通り猫撫で

声を発していたのだ。混乱するなという方が無茶な話である。十香も士道と同じように、目をまん丸に見開いて狂三を見つめていた。

「…………はっ……！」

一拍おいて、狂三も士道と十香の存在に気づいたらしかった。ピクッと肩を震わせてから一瞬身体を硬直させ——ぱん、ぱん、と膝を払いながら立ち上がったかと思うと、スカートの裾を持ち上げて優雅に一礼してみせた。

「う、うふふ、お久しぶりですわね、士道さん。十香さん」

言って、ニィ、と唇を三日月の形にしてみせる。その顔は、見る者を凍りつかせる凄絶な笑み……であったはずなのだが、なぜだろうか、その額にはうっすらと汗が滲んでいるように見えた。

「な、何してるんだ、おまえ……」

「…………」

士道が問うと、狂三はピキッと笑顔を凍りつかせると、しばしの間無言になり——

「ぐ、ぐぅ……っ」

やがて焦れたように髪をわしわしとかくと、パチン！　と指を鳴らした。

瞬間、足下に蟠っていた影が彼女の身体に絡みついていき——血と闇の色で飾られたドレスを形作った。霊装。精霊を守る絶対の鎧である。

「な――」

戦闘状態に変貌した狂三は、ビシッと十香の抱いた猫に指を突きつけた。

「な、なんでもいいですから、その猫さんを渡してくださいまし！」

「え？　ね、猫……？」

あまりに突然、かつ脈絡のない要求に、士道は思わず眉根を寄せた。

その際、周囲に蟠った影から、

「あー、あー」

「結局こうなってしまいましたわねぇ」

「最初からこうしておけば、余計な恥を晒さずに済みましたのに……」

などと聞こえてきた気がした。……あまりの混乱に幻聴でも聞いてしまったのだろうか。

と、今ひとつ状況が飲み込めず、士道が困惑顔を作っていると、十香が警戒に満ちた視線を狂三に送った。

「猫……だと？　にくきゅうのことか？」

「ええ。その通りですわ」

十香の剣呑な語調に、ようやく調子を取り戻した様子で、狂三が首肯する。

「別にわたくしは、今ここであなた方と切り結ぶつもりはありませんの。おとなしく渡していただけるのであれば、穏便に立ち去ることを約束いたしますわ」

「ふざけるな！　誰が貴様などに渡すものか！」

十香が叫び、猫をかばうように腕に力を入れる。すると狂三は、指で唇をなぞりながら、妖しい笑みを浮かべてみせた。

「あらあら、勇ましいことですわねぇ。でェ、もォ――今のあなたの力では、わたくしを止めることはできませんわよォ？」

「く――」

十香が戦慄に顔を歪めながら片足を引く。

実際十香も、己と狂三の戦力差は十分理解しているだろう。十香はかつて一度狂三と相対したことがあるのだが――そのときは折紙や真那がいたにもかかわらず、敗北を喫してしまっているのだ。今戦闘になどなったなら、恐らく十香と士道に勝ちの目など万に一つもないだろう。

だが。そんな危機的状況に置かれながらも、士道は別のことが気になってしまっていた。

「狂三……」

「はい？　なんですの？」

「ええと……だな。おまえ、一体なんでこの猫を狙ってるんだ？」

「…………」

士道が問うと、狂三は不敵な笑みを顔に張り付けたまま、ピクッと肩を揺らした。

そう。わからないのはそれだったのである。

見たところ、この猫に何か特別な力があるようには思えない。一瞬狂三の持つ広域結界〈時喰みの城〉で猫の時間を吸い上げようとしているのかとも思ったが……明らかに人間よりも寿命の短い小動物を狙うのは非効率だろう。

「それは……」

「それは？」

狂三は言いづらそうに口ごもると、視線を逸らしながら髪をかき上げた。

「それは……ご、ご想像にお任せしますわ」

なんとも要領を得ない答えである。士道はさらに眉根を寄せた。

と、狂三がそう言った瞬間、十香が何かに気づいたような様子でハッと目を見開いた。

「ま、まさか貴様……にくきゅうの肉球を肉球にして食べるつもりだな！」

「しませんわよ！　な、なんて恐ろしい発想をしますの、あなたは！」

狂三が、たまらずといった様子で叫ぶ。

「……いや、それ、おまえが言うか？」

士道が頬に汗を滲ませながら言うと、狂三が「くっ」と眉をひそめた。

「と、とにかく！　その猫さんは渡していただきますわ！　もし抵抗なさるのなら——命の保証はいたしかねますわよォ？」

言って狂三が手を掲げると、影から二挺の銃が飛び出し、その手に収まった。片方は古式の短銃。そしてもう片方は、それよりも銃身の長い歩兵銃である。

だが、そう言われて十香が素直に猫を渡すはずもなかった。キッと表情を険しくし、狂三を睨み付ける。

「にくきゅうを貴様のような危険な女に——渡す……ものかぁぁぁッ！」

そして、そう叫んだ瞬間、十香の身体が淡く発光した。霊力を士道に封印された十香であるが、感情が昂ったり精神状態が不安定になったりすると、経路を通じて霊力が逆流することがあるのである。

と、その瞬間。

凄まじい叫び声と謎の発光に驚いたのか、十香の腕の中にいた猫がぴょんと飛び跳ね、通りの方に走っていってしまった。

「！　しまった——にくきゅう！」

十香がハッとした様子で叫び、慌てて手を伸ばす。

だが——届かない。猫は十香の手をすり抜けるように走ると、そのまま車道に飛び出していった。

しかもそれと同時に、ちょうど猫に向かって、一台の車が走ってくる。

「……っ！」

士道は息を詰まらせると、考えるよりも先に地面を蹴っていた。

そして車道に走り出た猫を捕まえると、身体が地面に触れる前に、その小さな身体を守るように抱え込む。そこでようやく車のドライバーも異常に気づいたのだろう、キキッ、という急ブレーキの音が士道の鼓膜を刺した。

「シドー！」

それに次いで、十香の悲鳴が聞こえてくる。が——如何に十香が霊装を顕現させて駆けつけようとしても、間に合いはしないだろう。士道は身体を強ばらせると、一瞬あとに全身を襲うであろう衝撃に備えた。

士道には超常的な回復能力が備わっている。痛みが軽減されるわけではないが、車にぶつかられたくらいでは死にはするまい。一瞬のうちにそう覚悟を決め、奥歯を噛んだ。

が——そのとき。

「〈刻々帝(ザフキエル)〉――【七の弾(ザイン)】」

そんな狂三の声が聞こえたかと思うと、士道の身体は車に激突(げきとつ)されることもなく、猫に飛びついた勢いのまま地面に転がった。

「え……？」

呆然(ぼうぜん)と声を発し、身を起こす。すると、車道を走ってきていた車が、士道の僅(わず)か数センチ手前で停止していることがわかった。

停車ではなく――停止。

そう。一瞬あとには士道の身体に激突していたであろう車が、まるでそこだけ時間の流れから隔絶(かくぜつ)されたように、完全に静止していたのである。急なブレーキにより微(かす)かに前傾(ぜんけい)した車体も、変形したタイヤも、運転席に座ったドライバーの驚愕(きょうがく)に染まった顔までもが、完全に、である。

「こ、これは……」

呆然と、呟(つぶや)く。だが士道には、この信じがたい光景に見覚えがあった。

〈刻々帝(ザフキエル)〉――【七の弾(ザイン)】。狂三の天使が有する、時間停止の力である。

「あらあら、何をのんびりされていますの？」

それを裏付けるように、頭上から狂三のやれやれといった声が響(ひび)く。

同時、首元を摑まれたかと思うと、士道の身体は軽々と歩道の方に放られた。

「うわ……っ！」

突然のことに受け身が取れず、尻餅をついてしまう。だが、次の瞬間、時間の流れから取り残されたかのようにその場に停止していた車が甲高いブレーキの音を響かせ、タイヤから煙を噴き上げながら数十メートル前進し——ようやく停車した。

ドライバーが慌てた様子で車から降り、辺りをキョロキョロと見回したのち、不思議そうに首を捻って再び車に乗り込み、走り去っていった。

「シドー！　大丈夫か！」

十香が悲鳴じみた声を上げながら走り寄ってくる。士道はひらひらと手を振ると無事を示した。

「すまぬ、私の不注意で……！」

「いや、十香のせいじゃないって。それより、今のは……やっぱり」

士道が怪訝そうに眉をひそめながら言うと、十香もまた同じような顔を作りながらうなずいてきた。

「う、うむ。間違いない、狂三の天使だ」

「俺を……助けてくれた？　一体——」

と、士道が困惑した様子で呟いていると、十香が士道の胸元を指さして叫んできた。

「！　あ、し、シドー！　にくきゅうはどうしたのだ!?」

「え？　あ、あれ？」

士道は自分の手元に視線を落とし、目を見開いた。

胸にしっかと抱えていたはずの猫が、いつの間にかいなくなってしまっていたのである。

するとそれに答えるように、くすくすという笑い声が聞こえてきた。

見やると、そこには霊装に身を包んだ狂三が、悠然と立っていた。——その手に、件の三毛猫を抱きながら。

「あ……っ！　狂三、貴様——」

「うふふ、猫さんは確かにいただきましたわ。——それでは、士道さん、十香さん、ごきげんよう」

狂三は小さくお辞儀をすると、猫を抱えたまま、足下に広がった影の中に潜っていった。

「く——！」

慌てて十香が追い縋るも——遅い。十香の手が触れる寸前で、狂三の姿は完全に消えてしまった。

「ぐ……、に、にくきゅううううううっ！」

昼下がりの街に、十香の叫びが響き渡った。

◇

それから、士道と十香は当初の予定通り商店街へ買い物に行ったのだが……十香の顔は晴れないままだった。

よほど、狂三に連れ去られてしまった猫のことが気がかりなのだろう。士道が「夕食は十香の好きなものを作ってやるぞ」と言っても、「好きなだけきなこパンを買ってやるぞ」と言っても、生返事を繰り返すばかりで、ずっと上の空だったのだ。

……正直、この状態が続くと危険かもしれない。士道は〈ラタトスク〉の指示を仰ごうと、買い物を早めに切り上げ、帰路についていた。

「なあ、十香。あんまり気に病むなって」

「……うむ、わかっている。大丈夫だ」

士道の言葉に、見るからに大丈夫そうにない顔で十香が答える。士道は頰に汗を垂らすと、困ったように眉根を寄せた。

「うーん……」

無論、士道も猫のことは気にかかる。結局狂三の目的はわからなかったのである。

だが、それよりも遥かに、十香の精神状態の方が心配だった。どうにかして気を晴らすことはできないだろうか……

と、

「あ……！」

士道がそんなことを考えながら歩いていると、不意に十香が大きな声を発した。

「！　どうした十香。何かあったのか？」

先ほどまでの沈みきったそれとは違う十香の声に驚き、士道は顔を上げた。すると、十香が目をまん丸に見開きながら前方を指す。

そこには、小さな女の子が、赤い首輪をつけた三毛猫を抱きながら歩いていた。

「に、にくきゅうだ！」

「え？　まさか――」

そんなまさか、と士道が言う前に、十香はその場から駆け出していた。

そして女の子の目前までいたると、その胸元に手を伸ばし、ぷにぷにと猫の肉球を押す。

「！　ま、間違いない！　にくきゅうだ！」

「え、ええっ？」

士道は訝しげに目を細め、猫の容貌を見やった。――確かに、よく似ている気がする。

「あ、あの……何ですか？」

と、そこで猫を抱いていた女の子が、不安そうな顔をしていることに気づく。それはそうだろう。いきなり見知らぬ男女が走り寄ってきて、猫の肉球をぷにぷにするだなんて、普通は思うまい。

「あ、ああ……ごめんごめん」

士道は簡単に詫びてから、言葉を続けた。

「あの……さ、ちょっと変なこと聞くんだけど、この猫、君の？」

士道が問うと、女の子はおずおずと首を前に倒した。

「はい……そうです、けど」

「ほら、やっぱり違うよ。──よく見てみろって。この猫、足怪我してないじゃないか」

言って、士道は猫の左後ろ足を指さした。

そう。先ほどの猫とは異なり、この猫の身体には小さな傷一つなかったのである。確かによく似てはいるが、間違いなく別人、もとい別猫だ。

「いや！　そんなはずはない！　この感触は間違いなくにくきゅうだ！」

「お、おいおい……」

と、十香が譲らず首をブンブンと振っていると、女の子が何かに気づいたかのように

「あっ」と眉を揺らした。

「もしかして……お姉さんたちも、マリーを見たんですか？」

「マリー？」

「この子の名前です。実は……何日も前から行方がわからなくなってて……ついさっき、綺麗なお姉さんが見つけてくれたんです」

「え……？」

士道は思わず怪訝そうな声を発した。

そうしてから、もう一度、猫の左後ろ足に視線を落とす。

――まるで時間を戻したかのように、綺麗に傷のなくなった足を。

「……いや、まさか……な」

士道は、小さく呟きながら頬をかいた。

真那ミッション

MissionMANA

DATE A LIVE ENCORE 4

「――はぁっ！」

裂帛の気合いとともに、崇宮真那は右手に握ったレイザーブレイドを振り抜いた。

すると魔力で生成された光の刃は、同様に魔力で編まれた随意領域に触れ、火花のように光を散らす。

とはいえ無論、それは本物の火花とは性質が異なる。打ち合ったレイザーブレイドと随意領域を生成している魔力が、強烈な負荷によって互いを削り合い、その破片を辺りの空間に撒き散らしているのである。

当然、打ち合いが続けば続くほど互いの魔力は削られることになり――結果的に、単純な魔力生成量の多い方の勝利が決まる。

「く……っ」

それは相手もよく理解しているのだろう。随意領域を展開していた女が、苦しげに、そして忌々しげに眉をひそめてレイザーカノンの引き金を引いてくる。

限りなく接射に近い砲撃。通常であれば直撃は避けられまい。

「ふ――っ」

だが真那は短く息を吐くと、身体の周囲に纏わせた随意領域を操作、レイザーカノンから放出された魔力が触れると同時、随意領域の表面を滑らせるようにしてその砲撃を受け流した。

「な……！」

　女の狼狽が耳に届く。その頃には既に、真那の握ったレイザーブレイドの切っ先は、女の首筋に触れていた。

「——どうです。次の手はありますか？　ねーんなら——これで詰みです」

「ぐ……」

　真那が言うと、相手は悔しげに歯噛みしながら、渋々と両手を上げてきた。

　瞬間、辺りに広がっていた景色がふっとかき消え、真っ白い壁床天井に囲われた、広いホールのような空間に変貌する。

　否——正しく表現するのなら、もとに戻った、という方が適当かもしれなかった。

　何しろ真那たちが今の今まで戦っていたのは、ＤＥＭインダストリー本社内に設えられた戦闘シミュレーターの中だったのである。

「ふう」

　小さく息を吐き、脳に指令を発する。すると、真那の纏っていた白いＣＲ－ユニット〈ムラクモ〉が淡い光とともに消え去り、代わりに着崩されたＤＥＭ社の制服が現れた。

壁の一部に設えられた鏡に向かいながら、簡単に髪の乱れや汚れをチェックする。鏡の中にあるのは、見慣れた小柄な少女の姿だった。年の頃は一三、四といったところだろう(実のところ、自分でも正確な年齢は覚えていない)。一つに括られた髪に、左目下の泣き黒子が特徴的な容貌。戦闘前と何ら変わりない、自分の姿である。

「よし。——じゃ、私はこれで」

「ちょっと待ちなさイ!」

と、真那が小さく手を振りながらシミュレーターホールから出て行こうとすると、その背に、少しウェールズ訛りが入った英語で声がかけられた。

面倒そうに眉根を寄せながら振り向くと、そこには予想通り、今し方真那が相手をしていた長身の女が、不機嫌そうな顔をしながら立っていることがわかる。ウェーブの入った赤毛に、微かにそばかすの散った頰。切れ長の双眸は、どことなく狐を思わせた。

ジェシカ・ベイリー。DEM社第二執行部に所属する、真那の同僚である。

「まだ何かありやがるんで?」

「当然じゃなイ! 勝ち逃げなんて許さないわヨ!?」

ジェシカが血走った目で睨み付けてくる。真那ははぁと大きな溜息を吐いた。

「勝ち逃げって……そもそも、用事があるって言ってるのに、あなたが無理矢理勝負をふっかけてきたから付き合ってあげたんじゃねーですか。一回だけって約束ですよ。早く行かないと、銀行閉まっちゃうじゃねーですか」

「う、うるさイ！　一回っていったら、私が一回勝つまでに決まってるでしョ!?」

「……どんな理論ですか、それ」

呆れるようにやれやれと息を吐く。しかしジェシカは気にした様子もなく、ビッと真那に指を突き立ててきた。

「そもそも、なんであなたみたいな東洋人の小娘が、栄えあるアデプタス・ナンバーにいるのヨ!?　しかもアデプタス2……！　私3よりもナンバーが上だなんテ……！」

「知らねーですよ、そんなの。社長か部長にでも進言してください。私は別に2でも3でも構わねーですから」

真那が言うと、ジェシカは何かに気づいたようにハッと肩を揺らした。

「！　その自信……ま、まさか、あなタ……！」

「え？」

「なるほド……おかしいとは思ってたけど、そういうことだったノ。なんて汚い娘なノ……！　あなた、ウェストコット様に色仕掛けをして今の地位ヲ……！」

「……うわぁ。あの社長ロリコンだったんですか？」

「そんなワケないじゃなイ！　ウェストコット様への侮辱は許さないわヨ!?」

「……いや、今し方ものっすごく婉曲に侮辱した人に心当たりがあるんですが……」

と、真那が辟易するようにぽりぽりと頬をかいていると、ホールの自動扉が開き、一人の少女がシミュレーターホールに入ってきた。

黒のスーツに身を包んだ、一八歳くらいの少女である。アップに纏められた淡い色のノルディックブロンドに、それに負けないくらいの白い肌、そしてその直中に鎮座した美しい碧眼が印象的だった。

「――二人とも、何をしているのですか？　シミュレーターの使用申請はされていないようですが」

静かな声でそう言い、真那とジェシカに視線を寄越してくる。

するとその瞬間、ペラペラとまくし立てていたジェシカがビクッと肩を揺らし、額に脂汗を浮かべながら姿勢を正した。

まあ、とはいえそれも無理からぬことだろう。今真那とジェシカの前に現れた少女こそは、DEMインダストリー第二執行部部長にして、世界最強の魔術師――エレン・M・メイザースその人だったのだから。

「こ、これは……その、訓練といいますカ……」

ジェシカがしどろもどろになりながら弁明をし始める。

真那は「あ」と短く声を発すると、ポンと手を打った。

「そうそう。ジェシカったら、自分より序列が上の魔術師(ウィザード)が許せねーとか言い出しまして」

「な……ッ!?」

突然(とつぜん)声を発した真那に、ジェシカが信じられないものを見るかのような目を向けてくる。

が、真那は構わず言葉を続けた。

「それで、この勝負に勝った方がアデプタス2ヨ！　とか言い出しやがりましてねえ。しかもその次はメイザース執行部長を倒(たお)して、世界最強に、私はなル！　とかなんとか」

「ちょ……ッ、何言ってるのヨ！　前半はまだしも、私は世界最強なんて一言モ――」

「ほう……？」

エレンがすっと目を細めると、ジェシカに視線を送る。ジェシカは「ひッ」と息を詰まらせ、全身をガタガタと震(ふる)わせた。

「私を倒して世界最強になる、ですか。……ふふ、そんな言葉を聞いたのはいつ以来でしょうか。素晴(すば)らしい向上心です。――いいでしょう。特別に、私が相手をしてあげます」

「い、いや、ちょっト……」

　ジェシカが顔中に汗を浮かばせながら後ずさる。だが、エレンは止まらなかった。パチン、と指を鳴らすと同時、エレンの纏っていた黒のスーツが光と消え、代わりに王の名を冠す白金のCR-ユニット〈ペンドラゴン〉がその身に装着された。

「じゃ、今度こそ私はこれで」

　真那はエレンの背と涙目のジェシカを見ながら、ヒラヒラと手を振ってシミュレーターホールから出ていった。

　そしてそれと同時、ホールの内部に先ほどと同じように外の景色が広がり、外部に設えられたスピーカーから、甲高いジェシカの悲鳴が聞こえてきた。

『ぎ、ぎにゃぁぁぁぁぁぁぁぁぁぁぁぁぁアッ⁉』

『ぬるい。ぬるいですよベイリー。その程度で世界最強を名乗ろうとしていたのですか？』

『だから、そんなこと言ってませぇぇぇぇぇぇン……！』

「…………」

　さすがに、少し可哀相なことをしたかもしれない。真那は日本式に手を合わせて頭を下げると、その場からそそくさと去っていった。

　そしてロッカーで着替えを済ませてから、建物の外に出る。

ロンドンの一等地に居を構えるDEMインダストリー英国本社。そこが真那の職場であり──真那を拾ってくれた場所でもあった。

「…………」

巨大な本社ビルを見上げながら、ポケットに手を入れ、小さなロケットを取り出す。中には、幼い兄妹の写った写真が収められていた。

一人は──真那。そしてもう一人は、真那の生き別れの兄である。

「兄様……」

言いながら、ロケットを握りしめる。──真那の過去の、唯一の手がかりを。

そう。真那には昔の記憶がなかったのだ。なぜイギリスにいるのか、なぜ魔術師としての高い適性を持っているのか、そういったことを全て忘れてしまっていたのである。

そんな真那を助けてくれたのが、このDEMインダストリーだった。この会社がなければ、真那は行くあてもなく路頭に迷ってしまっていただろう。

「……さて」

感傷に浸ってばかりもいられない。真那は小さく息を吐くと、手にしたロケットに再び視線を落とした。

よく見ると、チェーンが一箇所欠けており、首にかけられなくなっていたのである。

今日はこれを修理に出すために急いでいたのだが、途中でジェシカに見つかり、相手をさせられていたのだ。

確か街の外れに、腕のいい修理工がいるという話だった。ロケットを再びポケットに突っ込み、爪先をそちらの方角に向ける。

「……っと、そういえば」

と、真那はそこで足を止めた。財布を取り出し、中を確かめてみる。……中には数枚の硬貨しか入っていなかった。チェーンの修理程度に大金がかかるとは思えなかったが、さすがにこれでは心許ない。

「まずは、銀行ですね」

真那はそう呟くと、銀行の方に足を向けた。

◇

「はぁ……っ、はぁ……っ、ぎ、ギブアップ……」

半ば強制的な訓練開始から数十分後。

ジェシカが汗だくになりながら地面に突っ伏すと同時、ホール内に広がっていた景色が掻き消え、もとの白い壁が姿を現した。

「おや、終わりですか」

エレンが小さく息を吐きながらそう言い、再び指を鳴らす。するとそれに合わせるようにして、エレンの装いが白金の鎧から黒のスーツに戻った。

「その程度で担えるほど、世界最強の名は軽くありませんよ」

「だ、だから、私はそんなこと一言モ……！」

ジェシカがよろよろと顔を上げながら、訴えかけるように言う。

が、その言葉が最後まで発されることはなかった。ジェシカの声を遮るように、ホール内に設えられていたスピーカーから、音声が流れてきたからだ。

『――第二執行部三役は、至急第一執務室までお越しください。繰り返します。第二執行部三役は――』

「…………」

エレンがぴくりと眉を動かす。

第二執行部三役とは、DEMの陰の実行部隊たるアデプタス・ナンバーのうち、上から三人を表す符丁だ。実際にそのような役職があるわけではない。

つまりエレン、真那、ジェシカの三人のことである。それが緊急で呼び出される事態。それが穏やかなものであるはずはなかった。

「行きますよ、ベイリー」

「は、はイ……！」

　ジェシカはそううなずくと、脳内に指令を発して身に纏っていたワイヤリングスーツをＤＥＭの制服に変貌させ、エレンのあとについていった。

　そしておぼつかない足取りのままエレベーターに乗り込み、上階の執務室へと至る。

「──失礼します」

「失礼しまス」

　言って、執務室に足を踏み入れる。

　部屋の中には、漆黒のスーツを身に纏った男が一人、座っていた。くすんだアッシュブロンドの髪に鋭い双眸。ＤＥＭインダストリー業務執行取締役、アイザック・ウェストコットである。

「ああ、よく来てくれたね」

「いえ」

「とんでもありませン」

　と、エレンとジェシカが言うと、ウェストコットが小さく首を捻った。

「どうしたんだい、ジェシカ。随分と憔悴している様子だが」

「あ、いえ、その……急いできたものデ」

「おや。それは悪かったね」

「い、いエ。それより、何かあったのですカ？」

話題を変えるように、頰に汗を垂らしながら言う。するとウェストコットは「ああ」と思い出したようにうなずいた。

「そうそう。今し方警察から、力を借りたいと連絡が入ったのだが」

「警察から？」

「ああ。何でも、シティの銀行に強盗が入ったとかでね。行員と客、合わせて一〇〇名弱を人質に取って立て籠もっているらしいんだ。それで、懇意にしている署長殿から、どうにかDEMの魔術師の力を借りられないかと打診があったわけさ」

言いながら、ウェストコットが肩をすくめる。

緊急着装デバイスを有した魔術師であれば、犯人を警戒させることなく非武装のまま銀行に入っていくことができる。確かに、こういったケースにおいては適任だろう。……無論魔術師の存在は秘匿されているため、人質やマスコミの目に触れぬよう動く必要は出てくるのであるが。

だが、ジェシカの隣に立ったエレンは、解せないといった様子で唇を開いた。

「数こそ少ないものの、警視庁にも魔術師はいるはずです。なぜ我々に打診が？」

するとウェストコットは細く息を吐きながら目を伏せた。

「犯行グループの中に、数名魔術師がいるらしくてね」

「なるほど。しかしそうだとしても、自前の魔術師を使えばいいではありませんか。もし数が足りないとしても、対精霊部隊に要請すれば済む話です。あそこにはアルテミシア・アシュクロフトがいます。彼女ならば、一人で十分お釣りがくるでしょう」

「まあ、それはそうなのだがね」

ウェストコットが肩をすくめる。それに合わせるように、ジェシカが首を傾げた。

「それにしても魔術師ですカ。一体どこのでス？」

魔術師、というのは単純に手から火の玉を出せる人間を言うのではない。外科手術で以て脳内に電子部品を埋め込まれ、顕現装置を扱えるようになった者の総称だ。当然、DEMを除けば、何らかの国家機関に所属していなければ、手術自体受けることができない。どこからか湧いて出た正体不明の魔術師など存在しないはずなのである。

「ああ、先月SSSからスカウトしたシャーロット・マイヤー以下三名がいたろう」

「顕現装置を悪用して問題を起こし、処分寸前であなたが拾ってきた者たちですね」

「そう、彼女らだ」

「まさか」

と、エレンが微かに眉根を寄せた。ウェストコットが小さく笑う。

「ままならないものだね」

「だからあれほど、問題のある者を囲うのはやめてくださいと言ったではないですか」

「才能ある魔術師がただの人間に戻されるだなんて忍びないじゃあないか」

ウェストコットが言うと、エレンは表情を変えぬまま溜息を吐いた。

「……ええト。つまり、ウチの身内がやらかしちゃったってことですカ？」

「まあ、平たく言うとそうなるね」

言いながら、ウェストコットが再び肩をすくめてくる。

「入社してひと月に満たないとはいえ、ＤＥＭの社員に変わりはない。適切な処理をせねばなるまい。——そういえば、マナはどうしたのかな？　彼女が適任かと思ったのだが」

言って、ウェストコットがエレンとジェシカに、交互に視線を寄越してくる。確かに中学生くらいの女の子であれば、敵も油断するだろう。だが、今は——

「ああ……そういえば、さっき出かけましたヨ」

「出かけた？　どこへ？」

「ええト……確か銀行に行くと言っていましタ」

ジェシカはそう言ったあと、「あ」と小さく目を見開いた。

「……で、なーんでこうなってるんですかね」

銀行の一階ロビーで。

両手を後ろ手に縛られながら、真那は半眼でぼやくように呟いた。

周囲には真那と同じように縛られた客や銀行員が何人もおり、それを監視するように、覆面を被った男たちが数名、銃をちらつかせながら辺りをうろついていた。

そう。真那が金を下ろすために銀行に入ってすぐ、武装した集団がロビーに押し入り、銀行を占拠してしまったのである。

そしてあれよあれよという間に客は縛り上げられ、入口のシャッターが下ろされ、立て籠もり状態になっていたのだ。外から聞こえるサイレンと、拡声器越しの警察の声、あとは人質にされた小さな女の子の泣き声が、真那の鼓膜を震わせていた。

「…………」

真那は無言のまま、覆面を被った犯人たちの動向を見やった。

ロビーにいるのは見る限り五名。既に銀行員を脅して金を奪っており、正面に座った男の足元に、高額紙幣の詰め込まれた大きなボストンバッグが置いてあることがわかる。

そこで、真那は首を捻った。普通に考えれば、犯人たちはその時点でもう目的を達しているはずだ。だというのに彼らは、わざわざ正面入口のシャッターを閉め、銀行に立て籠もってしまったのだ。

予想以上に警察の動きが早く、逃げ損なったのかとも思ったが、その割には彼らに慌てている様子はなかった。むしろその挙動には、余裕さえ窺える。

――何か別に目的がある……ということだろうか。しかも、それを成したあと、逃げ延びる手段も用意している……？

と、そこで真那は、彼らの人数が銀行に押し入ってきたときよりも少なくなっていることに気づいた。

確か当初は彼らの他に数名がいたのだが、今はその姿が見えなくなっている。単に真那の視界に入っていないだけなのか、それとも……

「……ま、考えたところで仕方ねーですね」

真那は犯人たちに聞こえないくらいの声で呟くと、体重を壁に預けた。

一応緊急着装デバイスは忍ばせているし、その気になればこれくらいの人数、簡単に処理できるのだが……これだけ人の目がある以上、ワイヤリングスーツを装着するわけにもいくまい。

それに、ここは天下のシティ・オブ・ロンドン。警察はもちろん、DEMもお膝元で暴れられていい気はするまい。その上、現場に真那がいることがわかれば、何らかの手を打ってくれるだろう。そう考えて、真那は傍観に徹することに決めた。

だが──

「──ああ、もう、うるせェッ！」

犯人の一人が、苛立たしげに机を蹴った。上に置かれていたペン立てが、ガシャンと音を立てて床に転がる。

どうやら、人質の女の子の泣き声が癇に障ったらしい。人質たちが集められているエリアに歩いてきたかと思うと、大口径の拳銃を女の子に向ける。

「少し黙ってろ。でないと俺が黙らせるぞ」

「う、ぁ、う……、ぅあぁぁぁあああん……っ！」

だが、それは逆効果だったらしい。銃を向けられた女の子は、一層激しく泣き出してしまった。

「この……！」

「おい、落ち着け。無駄な殺しはするなって言われてるだろ」

いきり立った男が女の子のこめかみに銃口を突き付けると、その背後から、別の犯人が諫めるように声を発した。

男はチッと舌打ちをすると、女の子から銃を離した。が、すぐに片足を後方に上げる。

まるで、サッカーボールを蹴るときのように。

「要は殺さなきゃいいんだろ、殺さなきゃ」

そしてそう言うと、男は女の子の頭を蹴り上げるように足を動かした。

「きゃ……!」

女の子が短い悲鳴を上げ、目を瞑る。

だが——それだけだった。

男の爪先が女の子の頭に接する寸前で、男がぴたりと動きを止めていたのである。

「え……?」

「な、なんだ……こりゃ、身体が、動か——」

男は言葉を途中で止めた。だがそれも無理からぬことだろう。何しろ——

「……まったく。傍観しておくつもりだったんですけどね……」

一瞬前まで女の子と同じく手を縛られていた少女が、自分の足を片手で軽々と止めていたというのだから。

「な、おまえ――」

「はいはい、お静かに」

真那は溜息混じりにそう言うと、男の足を押さえていた手をぐっと下方にやった。

すると、男の身体が腰元を軸にするようにぐるんと縦回転し、その場に頭から転倒する。

男は僅かな苦悶すら漏らさず、昏倒してしまった。

辺りにいた人質たちが、ポカンとした様子でそれを見やる。まあそれも無理はあるまい。

彼らからしてみれば、真那のような小柄な少女が、大の男をひっくり返したようにしか見えないだろう。

だが無論、真那は単純な腕力のみで男を倒したわけではない。DEMの中でも一部の高位魔術師は、ワイヤリングスーツなしでも一定時間随意領域を展開することができるのだ。今の現象も、真那にとっては頭の中で男の身体を回転させただけに過ぎない。その気になれば、手を一切触れずに男を吹き飛ばすことだって可能である。……まあ、あまり人質たちの前で超常現象を披露したくない手前、最低限の言い訳は作っておく必要があるのだが。

「な……ッ、何してやがる、テメェッ！」

一拍遅れて、他の犯人たちもその異常に気づいたらしい。弛んでいた表情を緊張させ、一斉に真那に銃口を向けてくる。

「はあ……ま、手を出しちまったもんは仕方ねーですね」

真那はやれやれと肩をすくめると、トン、と軽く床を蹴った。――瞬きほどの間もなく、随意領域操作によって、真那の身体が前方で銃を構える男に肉薄する。

「へ……？」

男が間の抜けた声を発すると同時、真那の拳が男の鳩尾に吸い込まれていく。男は目を丸くしながらその場に突っ伏した。

あとは、簡単な作業である。右手の男の延髄に踵落としを見舞い、左手の男に当て身を食らわせ、次々と気絶させる。

そして真那は、最後に残った男に肉薄すると、その銃を取り落とさせ、手を取って床に組み敷いた。

「あ、あたたたたッ！」

「ピーピー喚くんじゃねーですよ。それより、聞きたいことがあります。最初にいた面子よりも随分数が少ねーじゃねーですか。一体何が目的なんです？」

真那が詰問するように言うと、男は不敵に笑った。

「はッ、そんなこと言うわけ――」

「ほいっ」

「あきゃあっ！」

　真那が押さえた腕に捻りを加えると、男は情けなく悲鳴を上げた。

「き、金庫の金ですぅ……地下にある金庫の金、根こそぎ奪ってやろうってボスが……」

「金庫の……？　正気ですか？　そもそも開きはしないでしょうし、仮に盗めたとしても、そんな荷物抱えながら逃げられるとでも？」

「へ、へへ……っ、発想が貧困だな。それくらい、ボスが考えてないとでも思ってんのか？」

「ほう。どんな方法です？」

「馬鹿か？　そんなの言うわけ」

「とうっ」

「いやぁぁあっ！　ぼ、ボスが魔術師なんですぅぅ……それで、金庫の金を奪ったあとは、正面玄関から堂々と立ち去ればいいって……」

「……！　なんですって？」

　男の言葉に、真那は眉根を寄せた。

　と、それと同時、ポケットに入っていた携帯電話がぶるぶると震え始める。

「ん……」

真那は面倒そうに眉をひそめると、一瞬思案を巡らせてから男の首筋に手刀を落として昏倒させてから、電話に出た。

「もしもし？」

『――メイザースです。今どこにいますか』

エレンの声が電話口から聞こえてくる。真那は嫌な予感に顔をしかめながら返した。

「……銀行ですけど。どうかしたんですか？」

『偶然ですね。市内の銀行にて強盗事件が発生しました。首謀者は魔術師、シャーロット・マイヤー。DEMの新人です』

「うちの？」

「ええ、なので可及的速やかに処理をお願いします」

「……了解」

予感的中。なんともタイムリーな指令だった。

真那は溜息混じりに携帯電話をしまい込むと、その場に立ち上がり、ぱんぱんと頬を張った。

「仕方ねーですね。――さっさと終わらせますか」

「――それでよぉ、結局銀行の金庫ってのは、いくらくらい金が入ってるんだ？」

「あ？　そりゃあ……凄い額だろうよ」

「だから、凄いってのはいくらくらいだ？　一〇〇万ポンドか？」

「馬鹿言え、そんなもんじゃ収まらねぇよ。それこそ、その一〇倍くらいは……」

「！　マジかよ、一億ポンドもか⁉」

「いや、計算間違ってねえかそれ」

一階ロビーからカウンターを抜け、関係者専用通路を通った先にある地下への入口で、色違いの目出し帽を被った男二人が気の抜けた会話を交わしていた。

とはいえ、それも仕方のないことではあった。一応、名目上は見張りということでここに配置された二人ではあるが、ロビーを完全に制圧した上、警備員たちも全員拘束してあるのである。人質がいる以上、警察もおいそれとは踏み込めまい。

それに何より――この先の地下で『仕事』をしている彼らのボスは、世にも不思議な力を持っているのだ。仮に警官が押し寄せてこようと問題にはならないはずだった。気が抜けてしまうのも当然である。

「それだけあれば、やり直せるよな？　俺たち……」

「ああ、当然だ。このくそったれでしみったれた生活からはおさらばよ」

「お、俺、金が手に入ったらニホンに行こうと思う。それでアキハバラに家を買うんだ」

「ニホンに？　なるほど、いいんじゃないか？　これだけの大事件起こしちまったんだ。どうせこの国にゃいられないだろうしな。でも、なんでニホンなんだ？」

「ああ……ミスティに会いたいんだ」

「ミスティ？」

「『ワルキューレ・ミスティ』を知らないのか？　大人気番組だぞ。毎週日曜日の夜には、朝ニホンで放送された最新話が翻訳付きで動画サイトにアップされるんだ。普段は普通の女の子なんだが、ピンチになると光の力で戦乙女に変身して、巨大な敵をばったばったと薙ぎ倒すんだ」

「……でもそれって、要はアニメだよな？　そのミスティっていうのが実在するわけじゃないだろう。小さな女の子が大きな敵を倒すだなんて、リアルじゃない」

「何言ってるんだ。ニホンの女の子は特別なんだよ。小さな身体に、迸る愛のパワーを秘めてるんだ。おまえもアニメを見ればわかる」

「……そ、そうか」

背の高い男はぽりぽりと頬をかいた。が――すぐに、ピクリと眉を動かし、廊下の先に目をやる。

理由は単純。そこに、一つの小さな人影が確認できたからだ。小柄な少女である。髪の色や顔立ちからして、アジア系であることが窺えた。

「マジかよ。上の連中は何やってるんだ？」

「まあまあ。トイレにでもいたんじゃねえのか？」

今の今まで熱っぽく語っていた太った男が、肩をすくめる。背の高い男は銃をちらつかせながら少女に声を投げた。

「おい、お嬢ちゃん。これが見えるな？　悪いがここは通行止めだ。撃たれたくなきゃロビーに――」

が、少女は男の制止を聞くことなく、すたすたと歩みを進めてきた。

「この……！」

長身の男が両手で銃を構える。太った男が慌ててそれを止めた。

「ま、待てよ。早まるなって」

「わかってる。殺しゃしない。ちょっと分からず屋の足に一発ぶち込むだけだ」

「そうじゃなくて、もしニホンの女の子だったらどうする気だ！」

「……撃つぞ」

言って、長身の男が引き金を引く。凄まじい音が鳴り、廊下に火花が散った。だが、少女は構わずのしのしと歩いてくる。

「な、なんだよ、威嚇射撃か。脅かすなって」

「ち、違う。俺はちゃんと狙って――」

言葉の途中で。一瞬のうちに少女が距離を詰めてきたかと思うと、長身の男を手の甲で押しのけるように軽く小突いた。すると、長身の男の身体が左方に吹き飛び、壁に叩きつけられてそのままずるずると廊下に落ちていった。

「え……!?」

太った男は目を丸くすると、慌てて銃を構えようとした。だが、少女に軽く手を触れられた瞬間、全身の自由が利かなくなり、銃を取り落としてしまう。

「――わりーですが、少し眠っていてもらいますよ」

「…………!」

少女が言った瞬間、男は身体がぐるんと回る感覚を覚えると同時、全身を衝撃が襲うのを感じた。

そして薄れゆく意識の中で男は呆然と呟いていた。

「やっぱり……ニホンの女の子……だったんだ……」

気を失った男の顔は、どこか嬉しそうだった。


「――さて、そろそろ地下金庫室だと思いますが……」

あのあと、入口のシャッターを開け、人質たちを逃がした真那は、綺麗に掃除の行き届いた廊下を歩いていた。

ここに至るまでに見張りと思しき男たちを数名倒していたが（そのうち一人は、当たり所が悪かったのか、妙に幸せそうな顔をしていた）、その中に魔術師はいないようだった。となれば、金庫室に控えていると考えるのが適当だろう。

「……しかし、上の人たちはとんだ烏合の衆でしたね。統制も何もあったもんじゃねーですし」

真那はぼやくように独り言を呟いた。恐らくあの男たちは、首謀者に唆されただけの使い捨て要員だろう。真那が倒さずとも、首謀者の魔術師が目的を達したあと、本当に彼らを連れて逃げるかどうかも怪しいものだった。

と、真那がそんなことを考えていると、前方に大きな扉が見えてきた。

鉄拵えの頑丈そうな扉が、巨大な重機でねじ曲げられたかのように破壊されている。普通の人間の力では不可能だろう。

真那は鼻から息を吐くと、ねじ曲がった扉を潜って部屋の中に入っていった。

予想通り、そこは金庫室だった。広い空間の奥の方に、テレビなんかでたまに見る巨大なシリンダーのような金庫扉が設えられている。

否……正しく言うのなら、扉だったもの、といった方が適当だろうか。分厚い金庫の扉は、真那が今し方入ってきた部屋の扉の如く、無惨に破壊されたあとだった。

「ち、一足遅かったですか」

真那は小さく舌打ちをして、金庫の中を覗き込もうとした。

が、そこで背後に気配を感じて、その場から飛び退く。次の瞬間、今の今まで真那がいた場所に、実弾のそれとは異なる火花が散った。——見覚えのある光。魔力光。顕現装置を用いる魔術師でなければ発生させることのできない力である。

どうやら入口から死角になる部屋の隅に身を潜ませていたらしい。真那の背後から、ワイヤリングスーツに身を包んだ女が二人、姿を現した。

「避けた？　今の攻撃を？」

「嘘、偶然でしょ？」

髪の長い女と、眼鏡の女が目配せしながら、油断なく真那に小型のレイザーガンの銃口を向けてくる。

するとそれに合わせるように、金庫の中から小さな笑い声が聞こえてきた。

「ふふ、舐めちゃ駄目よ、デイジー、イザベラ。たぶんその子、私たちと同じ魔術師だわ」

言いながら、髪を短く刈り込んだ女が顔を出してくる。真那の後方の女たちと同じくワイヤリングスーツを身に纏っており、腰に小火器とレイザーブレイドを提げていた。

真那は無言で目を細めた。恐らく、この女が頭目――シャーロット・マイヤーである。言動はもとより、身体の周囲に展開された随意領域の濃度が段違いだった。

そんな真那の思考に気づいているのかいないのか、後方の女たち――デイジーとイザベラが銃を構えたまま意外そうに声を発する。

「まさか、こんな子が魔術師ですか？」

「まだ私たちがここに入ってからそう経っていませんよ。一体どこの機関が……」

二人の反応に、シャーロットがくつくつとのどを鳴らした。

「見た目に騙されちゃ駄目よ。顕現装置を使って代謝を操作していれば、若い身体を保つことは可能よ。――実際、ヤードでは犯人の隙を衝くために、あえて子供の外見をしたままの魔術師を用意してるって聞いたことがあるわ」

「！　っていうことはこいつは警察の……!?」

「タイミングからして間違いないでしょう。こんな事件に対精霊部隊が出張ってくるわけはないし、まさか映画みたいに、人質の中に凄腕の魔術師が紛れていたなんて展開でもないだろうし」

言って、シャーロットが笑う。真那は額に汗を滲ませながらぽりぽりと頬をかいた。

「……えぇと、申し上げづれーんですが、私」

だが、真那の言葉を最後まで聞かず、シャーロットが言葉を続けてくる。

「ねぇ、あなた。一応聞いておいてあげるわ。私たちと組む気はない？　あなたの一生分の給料が一瞬で手にはいるわよ？　それ以前にただでさえ一対三。勝ち目がないことくらいわかるでしょう？　それに――」

シャーロットはニッと唇の端を上げた。

「私たち三人は、ＤＥＭの魔術師よ。――あなたも魔術師なら、その意味がわかるんじゃないかしら？」

「……ああ、そうですか」

真那は半眼を作ってそう言った。そういえばそういう話だった。末端の人事などいちいちチェックしていられない……というかそもそも部署が違うため、直接顔を合わせたことはなかったのだが。

「さあ、どう？　どちらが賢い選択か、悩むまでもないことだと思うけれど」

　シャーロットの言葉に、真那はこくりとうなずいた。

「ええ。考えるまでもねーですね。――お断りです」

　真那が言った瞬間、再び後方からレイザーガンが放たれた。

「っと――」

　随意領域を展開、微かにレイザーガンの軌道をずらしながら、前方に飛ぶ。が、それだけでデイジーとイザベラの攻撃は止まなかった。腰からレイザーブレイドを抜き、光の刃を出現させて、真那に斬り掛かってくる。

　真那は随意領域を操作しながら、二人の猛攻をすんでのところでかわしていく。が――さすがに真那といえど、生身の状態でワイヤリングスーツを纏った魔術師二人を相手にするのは分が悪かった。一瞬の隙を衝かれ、右肩を熱い感触が通り抜けていく。

「く――！」

　真那は壁際へと飛び退くと、痛みの走った右肩を押さえた。左手に濡れた感触。どうやら血が滲んでいるらしい。

「ふん、勇ましいこと言ったわりには大したことないわね」

「でも、もう遅いわよ。DEMの魔術師(ウィザード)に盾突(たてつ)いたこと、後悔(こうかい)させてあげる」

デイジーとイザベラが勝ち誇(ほこ)ったように言ってくる。真那は面倒(めんどう)そうにふうと息を吐いた。

「……あんまりやりすぎると、あとで法務部にどやされるんですが……ま、魔術師(ウィザード)しかいねーんなら別にいいでしょう。相手も使ってることですし」

言いながら、ポケットから緊急(きんきゅう)着装デバイスを取り出す。それを見たのか、シャーロットが視線を鋭(するど)くした。

「緊急着装デバイスよ！　ワイヤリングスーツを展開される前に仕留めなさい！」

『了解(りょうかい)──！』

デイジーとイザベラが指示に従い、レイザーブレイドを振(ふ)りかぶって真那に向かってくる。が、生身の状態でも長時間随意領域(テリトリー)を展開できる真那の着装速度は、通常の魔術師(ウィザード)よりも遥(はる)かに速い。二人の攻撃が届く前に、真那の全身は白と青でカラーリングされたワイヤリングスーツと、専用CR - ユニット〈ムラクモ〉に覆(おお)われた。

「！　あれは……！　待ちなさい、二人とも！」

真那がスーツとユニットを展開させた瞬間、シャーロットが目を丸くして声を上げた。

が、デイジーとイザベラは止まらない。勢いのままに、真那に光の刃を振り下ろしてくる。

「〈ムラクモ〉――双剣形態（ソードスタイル）」

真那が言うと、肩に装着されていた盾（たて）のようなパーツが変形し、両手に収まった。そしてその先端（せんたん）から、濃密（のうみつ）な魔力で編まれた光の剣が出現する。

真那は左手の剣で二人の攻撃を受け止めると、身体を捻（ひね）り、その間を通り抜けた。

「この……！」

一拍遅（いっぱくおく）れてそれに気づいたイザベラが、追撃（ついげき）しようと再びレイザーブレイドを構える。

が――彼女はその場から動かなかった。

しかしそれも無理からぬことだろう。何しろ、自分と並んで真那に対していたデイジーが、その場に倒れ込んでしまったというのだから。

「デイジー――」

と、イザベラもそこまで言ったところで、全身から力が抜けたようにその場にくずおれた。

そう。真那は二人の間を通り抜ける際に、右手の剣で双方に攻撃を加えていたのである。

無論殺すつもりはないので刃は立てなかったが、それでも濃密な魔力塊（まりょくかい）で全身を殴打（おうだ）されたことに変わりはない。意識を保っていられるはずはなかった。

「ち……」

そんな様子を見てか、シャーロットが舌打ちをする。

「双剣の魔術師……？　はッ、悪い冗談ね。なんでDEMのアデプタス・ナンバーがこんなところにいるのよ」

「おや、私のことを知っていやがるんで？」

「そりゃあね……悠久のメイザースに次ぐDEMナンバー2の魔術師――噂くらいは聞いたことがあるわ。まさか、こんなに小さな女の子とは思わなかったけれど」

言って、シャーロットが顔を歪める。声のトーンこそ変わっていないものの、その頬には、汗がひとすじ伝っていた。

「……で、どうします？」

真那が半眼を作り、右手の剣を向けると、シャーロットは観念したように両手を上げた。

「勝ち目のない勝負はしない主義なの。痛いのは嫌いだしね」

「ふうん……ま、賢明なんじゃねーですかね。じゃあ、さっさと武装を解除して――」

と。

「――！」

真那が言いかけたところで、シャーロットが小さく指先を動かしたかと思うと、次の瞬間、真那の視界に凄まじい光が満ち、何も見えなくなった。

「な……！」

「あはははッ！　油断したわね！」

鼓膜にシャーロットの声が響いてくる。恐らく、閃光弾の類を使われたのだろう。もしかしたら部屋のどこかに予め仕掛けてあったのかもしれなかった。

随意領域を使えば、光程度は簡単に防げるのだが、今のは完全に不意を突かれた。目がチカチカして、まともにものが見えなくなる。

とはいえ、未だ真那は随意領域を展開しているのである。たとえ目が見えないといっても、シャーロットが接近してくれば感覚でわかるはずだった。

「…………っ」

だが。真那は微かに眉をひそめた。真那の精密な随意領域が、シャーロットの位置を特定できずにいたのである。

「あはは！　顕現装置を用いての隠蔽技術はSSSでもトップクラスだったのよ。いかにアデプタス・ナンバーとはいえ、視界が閉ざされた状況で私の姿を探るのは不可能よ！」

どこかから、シャーロットの声が響いてくる。恐らく、随意領域を用いて声を反響させているのだろう。これでは声の方向から位置を特定することもできなかった。

「ふっふふふ！　無様！　無様ね！　あっはは！　アデプタス・ナンバーっていってもこの程度なの？　はは、ははははっ！　意外とDEMっていうのも大したことないのねぇ！」

「…………」

だが、その一言は聞き逃せなかった。無言のまま、だらりと両手を下ろす。

「はァん……？　どうしたのかしら。覚悟でも決めたの？」

「……三流が。身の程を知れってんです」

真那が言うと、シャーロットは可笑しくてたまらないといった調子で嗤った。

「ひゃはははははっ！　状況わかって言ってんのぉ？　その有様で、一体何するつもりでちゅかー？」

そして、ヴン……と低い駆動音を響かせてくる。恐らくレイザーブレイドに、魔力の刃を顕現させたのだろう。

「もういいわ、あなた。——さっさと死になさい」

シャーロットが、一瞬のうちに真那との距離を詰めてくる。しかし、どこから近づいてくるのかはわからない。が——

「こうするつもりでちゅよ」

真那は唇の端を上げると、脳内に指令を発した。

するとそれに合わせて、両肩に残ったパーツと両手に握られた剣が変形、全方位にその砲門を開いた。

「〈ムラクモ〉——殲滅形態」

「は——」

シャーロットの短い声を掻き消すように。

金庫室に、魔力光が満ちた。


銀行の前は今、警官隊と報道陣、そして押し寄せた野次馬でごった返していた。

とはいえそれも当然といえば当然である。何しろ、白昼堂々銀行に強盗が入ったかと思うと、行員と客を人質に取って立て籠もったというのだ。

しかも、なぜか事件発生からわずか数十分後、入口のシャッターが開いて銀行内に囚われていたと思しき人質たちが出てきたのである。

加えて、皆が口を揃えて、「女の子に助けてもらった」と言う中、警察は一切動こうとしなかった。それらの要素が複雑に絡み合い、この事件の注目度を一気に押し上げていたのだ。

「警部、なぜ踏み込まないのですか。もう人質は全て解放されているはずです！」

銀行入口を囲む警官隊の外縁部で、若い刑事が壮年の警部に詰め寄った。が、警部は苛立たしげに頭をかくのみだった。

「わかんねえよ、俺だって。少し待ってろって上からのお達しだ」

「ど、どういうことですか⁉」

「だから、俺だって知らねえって！　ただ、今入ったら怪我するって——」

と、警部が言いかけると、次の瞬間、銀行の方から爆弾でも爆発したかのような凄まじい音が鳴り響いた。辺りが、地震でも起こったかのように激しく揺れる。ついでに銀行の窓が一斉に割れたかと思うと、中から目映い光が迸った。

「な……これは……⁉」

刑事は戦慄に目を見開いた。一体、銀行の中で何が……⁉

「警部、もう限界です！　突入命令を——」

だが、刑事はそこで言葉を止めた。

理由は単純なものである。——空に、夥しい量の紙幣が舞い踊っていたのだ。

「は……？　か、金……？」

突然の事態に皆一瞬呆然としたが、すぐに状況を理解し、銀行前に集まった何百人という人たちが、我先にと紙幣を拾い集め始めた。

◇

「――で、全方位に魔力を放ち、金庫ごと吹き飛ばしてしまったと」

「……はぁ、まぁ」

翌日。DEM本社ビルの一室で正座させられながら、真那はエレンの声におずおずとうなずいた。

「ある程度紙幣は回収できたとはいえ、修繕費も含めて被害総額はおよそ五〇〇万ポンド。……警察からも銀行からも我が社に苦情が入っています」

「……面目ねーです」

真那がしゅんと肩を落とすと、エレンの隣にいたジェシカが愉快そうに笑った。

「あははハ！　バッカねェ。何でもうちょっとスマートにやれないのかしラ！」

「……敵がジェシカみたいな笑い方するもんですから、癪に障って……」

「な、なんですってェ!?」

「――とにかく」

真那とジェシカを収めるように、エレンが静かに声を発する。

「あなたの給料で返済をするとなると——完済するまでに一〇〇年と少しといったところですか。それまで現役でいられるといいですね」

「わ、私が払うんですか!?」

真那は驚愕に目を見開いた。

「当然でしょう。——ただし、そうですね。精霊を仕留めることができたなら、一体につき一〇〇万ポンド、特別賞与を弾みましょう。あなたの奮起に期待します」

「ちょ……っ」

真那の言葉を最後まで聞かず、エレンは部屋を出ていってしまった。そのあとを追うようにして、ジェシカが舌を出しながら去っていく。

部屋に一人取り残された真那は、しばしの間呆然としてから、へなへなとその場にくずおれた。

琴里ミステリー

MysteryKOTORI

DATE A LIVE ENCORE 4

天宮市上空一万五〇〇〇メートルを浮遊する空中艦〈フラクシナス〉。

その廊下を、〈フラクシナス〉艦長・五河琴里は、友人である解析官・村雨令音とともに歩いていた。

「令音、この前の解析資料、あとで私の方に送っておいてもらえる？」

言って、口にくわえていたキャンディの棒をピンと立てる。

真紅のジャケットを肩掛けにした、一四歳くらいの少女である。黒いリボンで二つに括られた髪に、どんぐりのように丸っこい双眸。艦長という物々しい肩書きがつくには、些か幼すぎる容貌ではあった。

「……ん、承知した。すぐに転送しておこう」

しかし、隣を歩く令音はさしてそれを気にするふうもなくうなずいた。適当に纏められた髪に、眠たげな目、そして立派な隈とふらついた足取りが特徴的な女性である。

無論、今さら琴里が艦長を、そして司令官を務めることに異議を申し立てるクルーなどはいない。だが、着任時からただの一度も、琴里の年齢や容貌に驚愕や不信感を示さなかったのは、この令音ただ一人だった。

もちろん、彼女が細かなことを気にしないだけという可能性もあるのだが――そのおかげで、琴里と令音が階級も年齢を超えた、居心地のいい友人関係を築けているのは事実だった。

「――あ、そういえば話は変わるんだけど、来週時間作れる？」

「……来週のいつ頃だい？」

「うーん、まあいつでもいいけど、土日あたりがいいかな」

「……残念だが、土日は都合が」

「そっか、残念。『ラ・ピュセル』で新メニューが出るっていうから試しに行こうと思ったんだけど」

「……新メニュー？」

「季節のフルーツと最高級マスカルポーネチーズをふんだんに使った特製ミルフィーユパフェ」

「……空けておこう」

「そうこなくっちゃ」

令音がぼうっとした表情のまま言ってくる。琴里はニッと唇の端を上げて笑った。表情の読み取りづらい彼女であったが、長く付き合っていると、なんとなく嬉しそうな様子が窺い知れるようになるのである。

「昼過ぎは混むから、午前中に入るようにしましょ。私も前日までに仕事を終わらせておくから――」

と、琴里が指をくるくる回しながら土日の予定を立て始めたところで。

「――きゃぁぁぁぁぁぁぁぁぁぁぁぁッ⁉」

廊下の前方から、甲高い悲鳴が聞こえてきて、琴里は思わずビクッと肩を揺らした。

「な……っ、何事⁉」

「……琴里の執務室の方だね。急ごう、何かあったらしい」

「え、ええ……！」

琴里はうなずくと、令音を伴って廊下を走りだした。……とはいえ、令音の走るスピードが極端に遅いものだから、随分と差は付いてしまったのだけれど。

ほどなくして、廊下の突き当たり――琴里の執務室の前に辿り着く。電子式の扉は既に開いており、部屋の中を見やりながら、〈フラクシナス〉クルー椎崎雛子が驚愕に目を見開いていた。どうやら、今の悲鳴は彼女のものだったらしい。

「椎崎⁉　一体どうしたのよ！」

「し、司令……！　そ、それが、あの……！」

椎崎が混乱した様子で手をバタバタ動かしたあと、執務室の中を指差す。

「いッ、今来てみたら、あれが……っ！」

「だから、何があったのよ」

琴里は怪訝そうに眉をひそめ、椎崎の脇から自分の執務室の中を覗き込んだ。

そして——椎崎と同じように、愕然と目を見開く。

「な……っ!?」

琴里の執務室の左奥。

そこに、一人の男がうつ伏せになって倒れ込んでいた。

すらりとした長身に、長い髪。うつ伏せのため顔は窺い知れなかったが、それが誰かはすぐにわかった。——琴里の副官にして〈フラクシナス〉副艦長・神無月恭平だ。

だが、それだけで椎崎が声を上げたわけでないことはすぐに知れた。

床に倒れ伏した神無月の身体の周囲には、派手に花瓶の砕片が散らばっており——その頭部からは夥しい量の血が流れ、床に赤い血だまりを作っていたのである。

そう。

琴里の部屋で、神無月が、血を流して倒れていたのだ。

まるで、陳腐なサスペンスドラマのワンシーン。恐らくこんなことを誰かに話しても、一笑に付されるに違いない。

だが、部屋に充満した血の臭いが、その馬鹿げたシーンにどんどんリアリティを与えていく。琴里は胃からせり上がってくる嘔吐感を抑えるように口元を手で押さえた。

「……これは」

と、琴里と椎崎が異様な事態に固まっていると、後方から追いついてきた令音が二人の脇を通って部屋の中に入っていった。

「あ、れ、令音……」

琴里が声をかけると、令音は「任せろ」と言うように小さく片手を上げてから、床に倒れ伏した神無月の元に駆け寄り、血に濡れた左手を取った。

そしてその手首を押さえるようにして、数秒後。

「令音……か、神無月は……？」

「…………」

震える声で琴里が問うと、令音は目を伏せ、静かに首を横に振った。

「……残念だ」

「そ、そんな……」

令音の言葉に、琴里は心臓が引き絞られるのを感じた。同時に、隣にいた椎崎が、その場にぺたんとへたり込む。

しかしそれも無理のないことである。

日頃顔を合わせている人物が、突然、何の前触れもなく、こんなことになってしまったのだ。思考の整理がつかないのは仕方のないことだろう。

だが。琴里はハッと目を見開くと、ごくりと息を呑んだ。

そして、神無月の姿をもう一度よく見る。

うつ伏せに倒れ伏した身体。頭からの出血。そして、辺りに散らばった花瓶の破片。

詳しいことは調べてみなければわからないが、それが示すのは一つの可能性だった。

つまりは——神無月が、何者かによって殺害された、という可能性だ。

この空の密室、〈フラクシナス〉の中で。

「…………っ！」

思えばそれは、神無月の変わり果てた姿を目撃した瞬間に、すぐ思い至らねばならないことだった。琴里はぐっと拳を握ると、隣にへたり込んだ椎崎に視線を向けた。

「——椎崎。今すぐ、転送装置を凍結するよう指示を出して」

「え……？」

「〈フラクシナス〉から、誰も地上に降りられないようにして、って言ってるの。それが終わったら、艦内に不審人物がいないかどうかをチェックしてちょうだい。そして、そのあとは――」

琴里は唇を噛んでから、言葉を続けた。

「――クルー全員に話を聞くから、準備をしておくよう言ってちょうだい」

「…………！」

その言葉を聞いて、椎崎もようやくその可能性に思い至ったようだった。一瞬目を丸くしてから、小さくうなずいてくる。

そう。〈フラクシナス〉は空中艦。通常、天宮市の上空一万五〇〇〇メートルに浮遊している。

艦内に入るためには、機体下部に設えられた転送装置で、地上から直接回収してもらう他ない。そしてそれには、〈フラクシナス〉側からの操作が必要になってくる。

つまり、誰も与かり知らぬ人物がこの艦内にいることは、ほとんど考えられないのだ。念のため不審人物がいないかどうかを調べるよう指示を発した琴里も、それは重々わかっていた。

そして、それは。

琴里もよく知るクルーの中に、神無月を殺した犯人がいるかもしれない、という可能性を示しているのだった。

それからおよそ二時間後。琴里の執務室には、数名の男女が集められていた。

琴里。
令音。
〈藁人形(ネイルノツカー)〉椎崎。
〈次元を越える者(ディメンション・ブレイカー)〉中津川(なかつがわ)。
〈早すぎた倦怠期(バッドマリッジ)〉川越(かわごえ)。
〈社長(シャチヨサン)〉幹本(みきもと)。
〈保護観察処分(ディープラヴ)〉箕輪(みのわ)。

皆(みな)、親愛なる〈フラクシナス〉クルーにして——神無月恭平殺害事件の容疑者たちである。

既に神無月の遺体は別の場所に移され、彼がいた場所には、ビニールテープが人の形をかたどるように貼(は)り付けられていた。そして辺りに散らばった花瓶の破片には、それぞれている。

『A』『B』というようにマーキングがされている。

クルーたちには、既に事情を説明してあった。皆青い顔をしながら、互いの様子を窺っている。

それはそうだろう。もしかしたらこの中に、神無月を殺した犯人がいるかもしれないというのである。

「──令音」

「……ああ」

琴里がパチンと指を鳴らすと、令音が手に持っていたファイルを開いた。

「……神無月がこの部屋に入ったと推定されるのは、一四時頃だ。誰かに呼び出されたのか、それとも他の理由があったのかはわからないが、神無月は琴里の執務室を訪れ──そこで、何者かによって後頭部を強く殴打されたものと考えられる。そして、一四時二〇分頃、椎崎が琴里の執務室を訪れたときに神無月を発見した……というわけだ」

「な、何者かって……一体誰なんですか？」

箕輪が落ち着かない様子で、癖のある髪を指に巻き付けながら言う。琴里は静かに息を吐いた。

「まだわからないわ。……でも、艦内を洗ってみても、クルー以外の人間は確認できなかった。そして、当該時刻にこの執務室を訪れることができたのは――ここにいるメンバーだけなのよ」

『…………っ！』

琴里が言うと、皆が一斉に息を詰まらせた。

「私もみんなを疑うことはしたくない。だからこれは、みんなの潔白を証明するための作業だと思ってちょうだい。右から順に、一四時頃何をしていたのか話してくれる？　ああ、一応先に言っておくと、私と令音はその時間ずっと一緒だったわ」

言いながら、一番右に立っていた川越に目を向ける。

「川越、あなたは？」

「は……その時刻は――仮眠室にいました」

「ふうん、眠ってたの？」

当然の質問と思いつつも、問う。

だが、川越は気まずそうに視線を逸らした。

「……いや、その」

「何よ。何をしてたのよ」

「……すいません、来週娘の誕生日でして、ネットでプレゼント選びを……」

　その回答に、琴里ははぁと溜息を吐いた。

「……あまり感心しないわね。身体を休めるのも立派な仕事よ」

「そ、それは重々わかっているのですが……別れた三番目の女房は気むずかしく、こういうときでもないと娘に会わせてくれないんですよ……！」

「……ああ、そう」

　琴里はもう一度溜息を吐いてから、次のクルー――中津川に顔を向けた。すると中津川が、眼鏡の位置を直しながら口を開いてくる。

「午後二時頃でありますか……そのときは、ええと……」

　そして、なぜか言いづらそうに口ごもる。そんな中津川を怪しんでか、椎崎が半眼を作った。

「何か言えないことでもあるんですか？」

「そ、そんなことはございませぬぞ！　た、ただ……その時間は、その、休憩室で溜まっていたプラモを作っていてですね……」

「……仕事中になにやってるのよ、あなたは」

「も、申し訳ございませぬ……」

　琴里が溜息混じりに言うと、中津川が申し訳なさそうに肩をすぼませた。

「で、それは誰と一緒だったの？　証明できる人は？」

「い、いえ……一人でしたので。――あ！　で、でも、ちょうどその頃、休憩室の窓から、箕輪さんが司令の部屋の方に歩いていくのが見えましたぞ！」

「なんですって？」

琴里は、眉を歪めながら中津川の隣に立っていた箕輪を見やった。箕輪が、慌てたように手を振ってくる。

「ち、違いますよ！　確かに休憩室の前は通りましたけど、司令の執務室になんて行っていません！」

「じゃあ、どこに行ったのよ」

「それは……その、あの…………お手洗いに」

箕輪が頬を染めながら目を逸らす。琴里は「ふぅん……」と半眼を作った。

「……一応聞いておくわ。トイレで仕事に関係ないことしてないでしょうね」

「う……っ！」

琴里が言うと、箕輪が図星を指されたように身体を仰け反らせた。

「すいません……スマホのゲームがちょうどチャンスタイムでして……」

「……あなたたちねえ……」

琴里は苛立たしげに頭をかきながら、次のクルー——幹本に視線を送った。

「で、幹本。あなたは何をやっていたの？」

「はっ！　私は艦橋で仕事をしておりました！」

「仕事っていうと、具体的には？」

「は。重要拠点より入電がありましたので、秘匿回線での通信を……」

「なるほど。通信をしていたなら、相手に確認を取ればアリバイになりそうね。で、重要拠点っていうのはどこ？　通信相手の名前は？」

琴里が言うと、幹本は急に口を噤んだ。

「何よ、言えないの？」

「ま、まさか、幹本さん……！」

椎崎が戦慄した様子で言うと、皆が幹本を警戒するように一歩後ずさった。

「ち、違います！　私は何も——！」

「じゃあ、言えるはずよね？　誰と通信をしていたの？」

「それは……『エスペランサ』のジェニファーちゃんと……」

『……』

クルー全員の視線が、幹本に突き刺さった。

「……艦の回線使って、お店の女の子と電話しないでくれる？　一応秘匿組織なんだけど、うち」

「す、すいません……！　つい……！」

琴里は溜息を吐くと、その隣の椎崎に目を向けた。

「で……第一発見者の椎崎ね」

「はい……」

椎崎が青い顔のままうなずき、言葉を続ける。

「一四時だと……ちょうど資料を作成していた時間だと思います。でも、二、三司令に確認しておきたいことがありまして、執務室に行ったら、神無月副司令が……」

「……なるほどね。でも、それくらいの用事だったらわざわざ執務室に来なくても、通信かメールでよかったんじゃないの？」

「まあ、それはそうなんですが……ちょうど休憩しようと思っていたのでついでと思いまして……」

「ふうん……で、それって一体何の資料だったの？」

「は、はあ……その……実は……」

椎崎は言いづらそうにしてから、観念したように唇を開いた。

「……天宮市オススメスイーツマップを……」

「それは精霊攻略用？　それとも、趣味用？」

「…………ええと、半々です」

「……ああ、そう」

　琴里ははあと溜息を吐いた。

　これで、簡単にではあるが、全員に話を聞いたことになる。しかし、明確なアリバイがある者は、琴里と令音を除いて一人もいなかった。

「これじゃ話が進まないわね……」

　言って、頭をかく。とはいえ、〈ラタトスク〉が秘匿組織である以上、警察や探偵を艦に入れるわけにもいかなかった。琴里たちはどうにかして自分たちのみで、神無月を殺した犯人を捜さねばならないのである。

「あの……ところで、副司令はなんで司令の執務室にいたんでしょうか」

　と、箕輪が難しげな顔を作りながらおずおずと手を挙げてくる。それに応ずるように、川越が腕組みした。

「そりゃあ、犯人に呼び出されたからでしょう」

「でも、司令の執務室ですよ？　呼び出すにしても不自然じゃないですか？」

「まあ……確かに。こんなところに呼び出して不審がられない人といったら……」

『………』

ジー、と。

皆の視線が琴里に寄せられた。

「……何よ」

「い、いえ、なんでも……」

川越が顔中に汗を浮かばせながら首を振る。

次いで、話題を変えるように中津川が声を上げた。

「もしかしたら、呼び出されたのではないかもしれませんよ？」

「というと？」

幹本が首を傾げる。中津川は眼鏡をクイクイと動かしながら続けた。

「つまり、これは我々が思っているような計画的犯行ではなく、突発的なものだったのではないか、ということですよ」

「突発的……」

「はい。つまりこういうことです」

言って、中津川は指を一本立てて話を続けた。

(――失礼します。この前の件なのですが……)

(！　き、きゃぁッ！　な、何勝手に入ってきてるのよっ！)

(はぅわ！　し、司令の未成熟なバディが露わに！)

(うるさいっ！　さ、さっさと出ていきなさいよっ！)

(ハフー、ハフー、モ、モウ我慢デキナイ！)

(きゃあああああああっ！)

(すーりすりすり、すーりすりすり！　ペロッ！　ペロペロペロペロッ！)

(何すんのよこの……っ！)

ガシャーン！

(ぐはッ!?)

(あ……！　か、神無月!?　神無月……!?　ちょっと、ねえ、冗談でしょ……!?)

「……というような」

『あー』

中津川の小芝居が終わると、皆が深く納得を示すようにうなずいた。

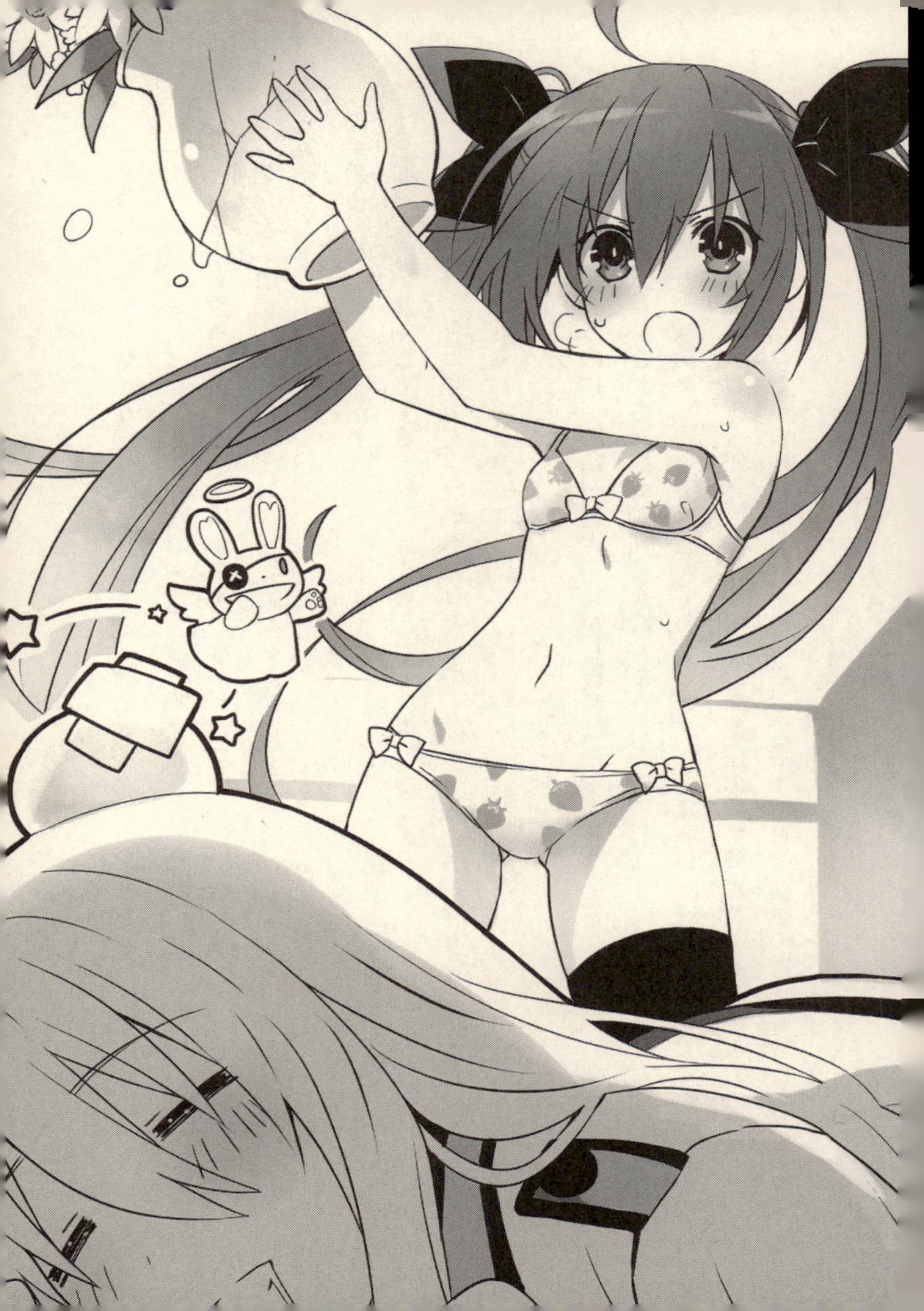

「ちょっと！　何勝手な想像してるのよ！　執務室なんかで着替えるわけないでしょ！」

「い、いや、あくまで可能性でございますよ、可能性……」

　琴里が声を荒らげると、中津川が苦笑しながら首を振った。

「そんなことあるわけないでしょ……だいいちその花瓶、この執務室のものじゃないんだから」

「え？　そうなんですか？」

　椎崎が目を丸くしてくる。琴里は「ええ」と首肯した。

「少なくとも、私は見覚えがないわね。今日の午前中ここにいたときもなかったはずよ」

「じゃあ、その花瓶は一体誰が……」

「そりゃあ……犯人なんじゃない？」

　椎崎が首を捻るのに、箕輪が返す。しかし椎崎はさらにむうとうなった。

「なんで犯人はわざわざ花瓶で副司令を殴ったりしたんでしょう。だって、そんなものを使わなくても、最初から執務室に置いてあるものを使えばいいわけじゃないですか」

「そう言われてみればそうだけど……でも、この部屋の中で鈍器になりそうなものって、司令の端末やパソコンくらいじゃない。そんなので殴ったら、機械の方まで壊れちゃうわよ」

「じゃあ犯人は、機械が壊れるのを嫌って、わざわざ鈍器を外から持ち込んだってことですか？」

「ってことは、犯人は、それらが壊れては困るって考えたわけですか」

『…………』

幹本が言うと、またも皆の視線が琴里の方に向けられた。

「……な、何よさっきから。みんな、私を疑ってるの!?」

「い、いえいえ！　滅相もない！」

幹本が慌てて首を横に振る。琴里はフンと鼻を鳴らした。

「まったく……だいいち、私には神無月を殺す動機がないでしょ！　なんでこんなことする必要があるのよ」

腕組みしながら、不機嫌そうに言う。するとクルーたちは、同意を示すようにうんうんとうなずいた。

「そ、そうですよね。五河司令が、優秀な副官である副司令を殺すわけがないですよね」

「当たり前じゃないですか。そりゃあ少しばかりセクハラまがいの言動を取ることはありましたけど」

「たまにガチで気持ち悪いことありますけど」

「司令も稀に本気で怒ることありますけど」

「それがまさかこんなことに……」

「司令！　なぜ一言相談してくれなかったんですか！」

「だからなんでそうなるのよッ！」

琴里はたまらず叫び、机をバン！　と叩いた。クルーたちがビクッと肩を揺らす。そして一斉に気まずげな苦笑を浮かべたのち、部屋の中に不自然な沈黙が満ちる。

そんな中、部屋の中で唯一動揺の色を見せていなかった令音が、ゆったりとした動作であごに手をやった。

「……しかし、動機というのは確かに気になるね。一体犯人は、なぜ彼を襲ったのだろう」

「そうね……確かに変な奴ではあったけど、誰かに命を狙われるほど恨みを買っていたとは……」

と、琴里が不審そうに眉根を寄せながら言った瞬間、箕輪が何かを思いだしたようにハッと目を見開いた。

「どうしたのよ。何か思い当たることでもあるの？」

「……はい。動機っていうのかわかりませんけど、実はこの前、仕事あがりで飲んでるとき……」

言いながら、川越に視線をやる。その視線に気づいたのか、川越が頬に汗を滲ませた。

「川越さん、言ってましたよね。……『神無月さんさえいなければ、俺が副司令になれるのに』……って……」

「え、ええっ⁉」

「まさか、川越さん、あなた……！」

箕輪の言葉に、皆が驚愕を露わにする。焦ったように川越が声を上げた。

「ちょ、ちょっと待ってくれ！　そんなの、飲みの席での軽口じゃないか！　それくらいみんなだって言ってるだろう⁉」

「いーえー」

「そんなこと」

「言ってませんけどー」

「川越さん出世欲強いからなー」

梯子を外すように、クルーたちが次々と言っていく。川越は顔中に汗を浮かばせながら、ギリギリと歯を噛みしめた。

「……いいのかい。そんなことを言って」

そして目を輝かせ、鋭い視線を椎崎にやる。

「椎崎くん。私はね、見てしまったんだよ」

「へ……!?」

いきなり指名され、椎崎がビクッと肩を揺らした。

「な、何をですか……?」

「君のいつも持っている藁人形に、神無月副司令の写真が貼ってあったのをだよ……!」

「な……!」

椎崎が驚愕の表情を作る。その際、なんともタイミングのいいことに、彼女の懐から小さな藁人形が落ちた。

——顔の部分に神無月の写真が貼ってあり、頭部に彼のものと思しき長い髪が縫い込まれた藁人形が。

「な、こ、これは……!」

「まさかヒナちゃん、あなた——」

「副司令を……呪殺……!?」

クルーたちが戦慄に満ちた顔を作る。椎崎は焦りながら声を発した。

「違うんです！ これはあくまで第二種呪法ですから、対象を呪い殺すようなものじゃないですよ！　ただ、釘を打たれた位置に原因不明の痣ができたり、謎の鈍痛や呼吸困難に襲われたりするだけなんです……！」

「……いや、十分怖いけど」

琴里が辟易するように言うと、皆が一斉に首肯した。

「ていうか、椎崎。あなたが犯人じゃないなら、なんでこんなもの持ってるのよ」

「それは……神無月さんに頼まれて」

「え？」

「……『椎崎さん、あなた、人に呪いをかけられるんですよね!?　それってどれくらい苦しいんですか？　わたし、気になります！』って言われて……」

『あー……』

いやに説得力に満ちた椎崎の言葉に、クルーたちは納得を示すようにうなずいた。……確かに、あの男なら言いそうである。

「じゃあ、神無月を襲ったのはあなたじゃないのね？」

「と、当然です……！　それに、これくらいで怪しまれるなら、もっと明確に動機のある人を知ってます！」

「へえ、誰？」

琴里が促すように言うと、椎崎はゆっくりと顔の向きを変え——幹本に視線を合わせた。

「幹本さん、あなた言ってましたよね。——一度神無月さんを行きつけの店に連れていったら、お気に入りの女の子を取られて腹が立ったって……！」

「ぐ……っ！」

椎崎がビシッと指を突き付けると、幹本が身体を仰け反らせながら苦しげにうなった。

「どうなんですか。お酒が入ってたとはいえ、随分ご立腹だったみたいでしたけど？」

「そ、それは……」

「本当なの？　幹本」

琴里が静かな声で問うと、幹本がしばしのあいだ躊躇うような様子を見せてから、観念したようにうなずいた。

「は、はい……。だって、あんなに私のことを、好き好き大好き超愛してる、アイラブユーウォーアイニーマハルキター、ワタシにはアナタだけですヨー、ところでシャチョさん、ワタシシャネルの新作欲しいネー、って言ってくれてたキャサリンちゃんが……」

「……それ、完全にカモられてますよね」

椎崎が半眼で言うも、幹本は聞いていない様子だった。グッと拳を握りながら、熱っぽく言葉を続ける。

「副司令の顔を見た途端、目をハートにして私の元から離れていったんですよ……!? そりゃあ酒でも飲まなきゃやってられんでしょう！」

「……ま、まあ、神無月さん、見た目はいいですからね」

「それだけじゃないんですよ！ 副司令はキャサリンちゃんに向かって、『ふむ、いいおみ足をなさっていますね。とりあえず私を踏んでくださいませんか？ さあ、さあ！ え？ ここはそういうお店じゃない？ ああ……それは残念だ。では仕方ない。お酒をください。ええ、大きめのグラスで。いえ、氷は結構です。その代わり、私が飲む前に、あなたの足を浸しておいてくれませんか。さあ、さあ』とか言い出して……！」

「うわぁ……」

あまりに生々しい回想に、琴里は眉根を寄せた。確かに、あの男なら言いそうである。

「それでキャサリンちゃんが本気で気持ち悪がって、私も一緒に黒服のお兄さんに摘み出されて、その店出禁になっちゃったんですよ！ しかも副司令、そのときなんて言ったと思います!? 『はは、なるほど。こういうプレイはOKなんですね』ですよ!? 私の心のオアシスを一箇所潰しておいて！」

「ああー……なんかもう、目に浮かぶようですね」

「で……ついついやっちゃった、と」

　箕輪が「えいっ」と鈍器を振り下ろす仕草をすると、幹本が血相を変えて首を振った。

「そ、そんな！　今の話は本当ですが、私は副司令を殺してなどいません！」

「いや……でもねぇ……」

「今の幹本さん、完全に追いつめられて自分と被害者の確執を語り出す犯人の顔してましたもんねぇ……」

　皆の視線が幹本に絡みつく。幹本は「く……っ」と苦しげにのどを鳴らすと、ビッと箕輪を指差した。

「そ、そんなことを言ったら箕輪くん！　君だって彼氏との関係を滅茶苦茶にされたって、副司令に文句を言っていたじゃないか！」

「な……っ！」

　指を突き付けられた箕輪が、顔を驚愕に染めて身体を硬直させる。と、そこで椎崎が不思議そうに首を傾げた。

「あれ……？　でも、箕輪さんの彼氏って……」

「確か、裁判は終わったはずよね？　連絡を取るのは許されてないんじゃ……」

　そう。箕輪は〈保護観察処分〉の二つ名が示すように、愛が深すぎたため、かつて付き合っていた恋人に訴訟を起こされ、今は法律で彼とコンタクトを取ることを許されていなかったはずだ。

琴里が問うと、箕輪は重苦しくうなずいた。

「ええ……だから、私はここ数年の間、私とばれないようにアリバイ工作をしたまま、彼の行動をウォッチするだけにとどめていたんです……。確かに触れ合うことはおろか、言葉を交わすことも許されない……でも、私は幸せだったんです。仕事明けに部屋で彼の生活音を聞いているだけで、私は……」

「……ええと、懲りてませんね、箕輪さん」

椎崎が言うも、やはり箕輪は反応を示さなかった。

「でも、そんなとき、それを知った神無月さんが言ったんです。『嗚呼……一途に彼を思うその心。なんて美しいのでしょう！　是非ッ！　私にもお手伝いさせてください！』って……。そのときは嬉しくてたまりませんでした。だって、私と彼のピュアでプラトニックなラヴを理解してくれる人が現れたんですもの！　でも、それが間違いだったの……」

くぅっ！　と涙を拭うような仕草をして、箕輪が続ける。

「神無月さんは彼の留守中に彼の部屋に侵入すると、部屋の壁という壁に、私の写真を貼り付けていったんですよ……！　結果、部屋に仕掛けた盗聴器や隠しカメラは発見され、今までの無言電話の犯人も特定され、私は裁判所に再出頭を命じられる羽目に……！　挙げ句、神無月さんはそのあとなんて言ったと思います？ 『え？ 長期の放置プレイじゃなかったんですか？』なんて言ったんですよ⁉ 私と彼のピュアラヴを摑まえて！ おのれ神無月！ 貴様だけは絶対に許さないィィィッ！」

鬼のような形相を作りながら箕輪が叫ぶ。その隣で、椎崎が頰に汗を滲ませた。

「……それって、要は『犯行がバレた』っていうんじゃ……ていうか彼氏さんにとっては神無月さんヒーローですよね……」

「で、その恨みで殺しちゃったと……」

中津川が言うと、箕輪はフンと腕組みをした。

「しないわよ、そんなこと。足がつくことはしない主義なの」

『…………』

妙に説得力のある言葉だった。クルーたちは頰をぴくつかせながら苦笑した。

「それに、動機のありそうな人なら私にも心当たりがあるわ。——ねえ、中津川くん」

箕輪が流し目を作って中津川に視線を送る。突然自分の名が挙がったことに驚いたのか、中津川が身体を震わせた。

「わ、私でござりますか……？」

「ええ。この前言ってたじゃない。神無月さんに嫁が穢されたって」

「…………ッ！」

箕輪が言った瞬間、眼鏡の奥で中津川の目が獰猛な獣のような色を帯びた。

「穏やかじゃないわね。何があったのよ」

「……は」

琴里が問うと、中津川は闇を湛えた目のまま、蕩々と語りだした。

「あれはひと月ほど前のことでございます。私が自室でメイちゃんを愛でていると……」

「メイちゃん？」

「中津川さんが大事にしてるフィギュアです。なんとかミスティって女児向けアニメのキャラだとか」

「ああ、なるほど」

椎崎が声をひそめて注釈を入れてくる。琴里は納得を示すようにうなずいた。

「ふと通りかかった神無月さんが、メイちゃんに興味を示し始めたのです。確かにメイちゃんは、他の戦乙女たちに比べて年若く、未成熟なバディが魅力的……神無月さんのストライクゾーンど真ん中のキャラではありました。そのときは私もテンションが上がり、意気投合してそのまま二人でお酒を飲んだのですよ」

中津川が悔し涙を拭うような仕草をしながら、続ける。

「しかし……それが間違いでした。私は久々のお酒に気分を良くし、そのまま眠ってしまったのです。そして、目覚めたときその場に広がっていた光景に愕然としました……」

「な、何があったのよ」

　琴里が頬に汗を垂らしながら言うと、中津川は顔面をくしゃくしゃにしながら悲痛な声を発した。

「神無月さんが、ネットリとしたいやらしい手つきで、メイちゃんの身体を撫で回し、あまつさえペロペロと舐めていたのですよぉぉぉッ！」

「うっわぁ……」

　琴里は渋い顔を作って一歩後ずさった。中津川の趣味は理解できないが、私物をペロペロされるのは確かに嫌である。

「しかも何が許せないって……！　NTR属性はないハズだったのに、なぜか私は無性にコーフンしてしまっていたんですよぉぉッ！　それから私は、そういうシチュエーションで妙にハァハァするようになってしまったのです……！　わかりますか!?　次元の向こうにいる一〇〇人の嫁たちに、そんな視線を向けねばならないこの苦しさが……！　許すまじ神無月！　この罪は、貴様の命でさえ贖えはしない……ッ！」

「……そ、そう」

熱っぽく語る中津川に辟易しながら、琴里は頬に汗を垂らした。

そこで中津川がハッと肩を揺らし、皆に向かって弁明を始める。

「で、でも、私はやっておりませぬぞ！　殺しだなんて、そんな……！」

『…………』

一同はしばしの間中津川を疑わしげな目で見ていたが、すぐにそれはお互い様だということに気づいたのだろう、気まずげに目を逸らし始めた。

「……ていうか、こうして話し合ってみると、全員大なり小なり動機があるのね……」

溜息混じりに琴里が言うと、皆が複雑そうな顔で吐息した。

「……まあ、あんな人でしたから」

「本人に悪気はなかったんでしょうけどねえ……」

「言動がいちいち気持ち悪いんですよね……」

「しかも冗談とかじゃなく、ガチの変質者ですから……」

「犯人を擁護するつもりはないですけど、気持ちはわからなくもないというか……」

「なんで捕まらなかったんですかね……」

「…………」

そしてしばしの間、執務室が奇妙な沈黙に包まれた。

が——そのとき。

「——ははは、どうしたのですか、皆さんお揃いで」

不意に執務室の扉が開いたかと思うと、いやに爽やかな笑顔を浮かべながら、頭部に包帯を巻いた男——神無月恭平が部屋に入ってきた。

執務室に集まっていた一同は一瞬呆けたように目を丸くしたあと、

「う、うわぁぁぁぁぁぁぁぁぁぁッ!?」

「なッ、なななな……！」

「お、お化けぇぇッ!?」

そこにいるはずのない人間の突然の登場に、驚愕を露わにした。

しかし当の神無月はあっけらかんとした様子で、朗らかに笑うのみだった。

「おや、斬新なリアクションですね。まるで幽霊にでも出会ったかのようだ」

「神無月……!? あなた、生きてるの!?」

琴里が問うと、神無月は不思議そうに目を丸くした。

「当然でしょう。はっ、それともこれは、私をいないものと扱う新手の放置プレイですか⁉　ああっ、イイ！　そういうのもイイですよぉ！」

神無月が身を捩りながら頰を紅潮させる。……琴里は半眼を作った。神無月本人に間違いない。彼のそっくりさんとか、生き別れの双子という可能性は薄そうだった。

と、そこで琴里は先ほどから無言を貫いている令音の方に視線をやった。

「ちょっと令音、どういうこと？　あなた、さっき神無月は死んだって――」

「……？　そんなこと、一言も言っていないが」

「え？　だって確かに――」

言いながら琴里は、神無月の死体（？）を発見したときのことを思い起こした。確かあのとき令音は神無月の脈を測り、首を振って、「……残念だ」と――

「……あ」

確かに、死んだとは一言も言っていなかった。

「ま、紛らわしいことを……！」

琴里がくしゃくしゃと頭をかくと、神無月は執務室の中がいつもと違う様子になっていることに気づいたらしい。ハッと目を見開いてから、感涙に噎び泣くように口元を押さえる。

「ま、まさか皆さん、私のことを心配してくださっていたのですか……！　おお、なんという感動的な光景でしょう！　世界はかくも美しい！」

言って、大仰な調子で両手を広げる。

そんな様子を見て、クルーたちは眉根を寄せたかと思うと——

『…………………はぁ』

と、小さな溜息をこぼしたのだった。

「？　どうしました、皆さん」

「いえ……なんでも」

「ええ、なんでもありませんよ」

「犯人め、きちんとトドメをさせ、だなんてこれっぽっちも」

「なぁんだ、そうですか」

神無月が、「ははは」と笑みを浮かべる。クルーたちは複雑な表情を浮かべて、また溜息を吐いた。

「……ちょっと、まだ話は終わってないわよ。神無月が無事だったのはいいとしても、事件が起こったのには変わりないわ。——神無月」

「はっ、なんでしょう」

琴里の声に応えるように、神無月がキリッと表情を引き締める。

「あなた、ここで気を失う前のことは覚えてる？」

「はい。無論です」

「——なら、あなたを花瓶で殴った犯人のこともわかるわよね。一体誰なの？」

琴里が問うと、クルーたちが緊張を露わにするようにごくりと息を呑んだ。それはそうだ。死んだと思っていた被害者が生きていた。これ以上の証人は存在するまい。

だが。

「犯人……ですか。いえ、私はただ転んだだけですが」

「は……？」

予想外の答えに、琴里は目を点にした。

「ど、どういうことよ」

「どういうこと、と言われましても。言葉の通りですよ」

「はぁっ!? じゃあなんで私の執務室にいたのよ！　それに、この凶器の花瓶は……！」

眉をひそめながら琴里が言うと、神無月が腹立たしいほどにいい笑顔で親指を立ててきた。

「はっ！　実は超小型のカメラを内蔵した花瓶を司令の執務室に仕掛けようとしていたのですが、足を滑らせてしまいまして！」

『…………』

琴里を始めとして、部屋に集まっていたクルー全員が無言になった。

「……椎崎」

「はい」

そんな沈黙の中。琴里が小さく声を発すると、それだけで全てを察したらしい椎崎が、先ほど懐から取り落とした藁人形を手渡してきた。

そして、その胴を思いっきり捻ってやる。

するとなんとも不思議なことに、部屋の入口に立っていた神無月が、腹の辺りを押さえてその場にくずおれたのだが――

「ありがとうございますッ!?」

やはりというか何というか、苦しげながらも、妙に嬉しそうなのだった。

十香リバース

ReverseTOHKA

DATE A LIVE ENCORE 4

「……うぐぁ」

――休日の商店街というのは、なぜこんなにも人が多いのだろう。

七罪はそんなことを考えながら、落ち着かない様子で辺りをきょろきょろと見回していた。

癖っ毛を二つに纏めた、小柄な少女である。不安そうに歪んだ双眸に、白い顔。痩せた肩が小刻みに震えている。

とはいえその表現も、精一杯好意的な解釈を経たものではあった。七罪の場合癖っ毛は癖っ毛でも、フランス人形のようなふわふわのそれではなく、お風呂上がりにドライヤーをかけ忘れると櫛も通らなくなるごわごわぼさぼさの髪質であるし、小柄で痩せているというのも、字面から読み取れるような可愛らしいものではなく、どちらかというと栄養失調の子供のような有様に近かった。双眸が不安そう且つ不機嫌そうな形なのは真実ではあるが、そもそも元の形がこれであるので『歪んでいる』という表現が適当なのかはわからない。

――そんな自己評価を持つ七罪が人の視線を苦手としているのは、もはや必然とも言うべき事柄だった。

「……う、う」

周囲を歩く人々が、自分のことを見てくすくすと笑っているかのような妄想が頭を満たす。気分はまるで、魔法使いが現れてもいないのに舞踏会に来てしまったシンデレラ。みすぼらしい格好の灰かぶりを見て、上流階級のお歴々が口元を覆うかのような錯覚だ。

しかも七罪の場合、シンデレラのように素材がよくもない。ついでに言うなら別に心が綺麗なわけでもない。だからこそ七罪の前には魔法使いが現れなかったのかもしれなかった。

――嗚呼、だというのになぜこんなところに来てしまったのだろうか。くすくす、くすくす、どこからともなく七罪を嘲笑する声が聞こえてくるような気がする。思考が混濁する。視界がうねる。何が何だかわからなくなる。

だが――

「……七罪さん？」

そんな声とともに手が摑まれ、七罪は現実に引き戻された。

「あ――」

見やるとそこに、一人の少女が佇んでいた。

癖っ毛が特徴的な、小柄な少女である。……などと表現すると、まるで七罪と同じような外見であるかのような印象を受けるが、それは箇条書きというシステムの構造的欠陥と言わざるを得ない。

　癖っ毛は癖っ毛でもデッキブラシの毛のような七罪のそれとは異なり、ふわふわ柔らかな髪質であるし、小柄というのも、古木のような七罪とは違い、小動物のような愛らしさに溢れている。

　そう。この世のキラキラしたものだけを人の形に集めたかのような神々しい姿。我らがゴッデス、ああっ、四糸乃さまっである。

「大丈夫……ですか？」

『あはは－、テンパってるね－七罪ちゃん』

　四糸乃と、その左手に装着されたウサギのパペット『よしのん』が言ってくる。絶望の淵に立ったシンデレラの前に、王子様と魔法使いが一緒に現れたようなものだった。七罪は緊張でガチガチになっていた身体が少し楽になるのを感じた。

「ご、ごめん……人が多いところ、あんまり得意じゃなくて」

　七罪が気まずそうに言うと、四糸乃はそれを笑うこともなく真摯に返してきた。

「いえ、私も……苦手でした。でも、今日は大丈夫です。よしのんと……七罪さんが、一緒ですから」

「四糸乃……」

慈愛に溢れた四糸乃の言葉に、七罪は思わず感涙に噎び泣き五体投地しそうになった。

が、すんでのところで思いとどまる。何しろここは商店街のど真ん中。今は四糸乃と仲良くお買い物の最中なのである。七罪がいきなり地面に突っ伏したなら、四糸乃は狼狽えてしまうことだろう。

七罪は、心に溢れかえる親愛と感謝の念をどうにか押さえ込み、こくりとうなずくにとどめた。

「じゃあ……次のお店、行こっか。帽子を見るんだよね？」

「はい。あ、でも……」

と、七罪が言うと、四糸乃は近くにあった時計を見上げながら返してきた。

「そろそろお昼ですし、先にご飯にしませんか？」

「あ、もうそんな時間か……」

言われてみれば、ほどよくお腹が空いていた。さすが四糸乃。よく気がつく。気遣いの天才である。絶対いいお嫁さんになる。結婚したい。

「そうね……何か食べていきましょうか」

「はい。そうしましょう」

「あ、でも私たち二人と一匹じゃ、レストランでいい顔されないかもしれないわね……」

言って、七罪は渋面を作った。

実は以前四糸乃&『よしのん』とお出かけをした際、お昼ご飯を食べようとちょっと背伸びして小洒落たレストランに入ったことがあるのだが、その際店員に、「お二人だけですか？」「保護者の方は？」としつこく聞かれていたのである。

全ての店がそうであるわけではないだろうし、その店にしたって別に門前払いをしてきたわけではないのだが、七罪はただでさえ人と話すのが苦手で、食事の注文をするのも一苦労なのである。トラウマとまではいかずとも、その経験が心理的なハードルになっていることは否定できなかった。

四糸乃もそのことを覚えていたのだろう。少し困った顔をしながらあははと苦笑した。

「確かにそうですね……」

『ねえねえ、じゃあこういうのはどーお？』

すると、『よしのん』が何かを思いついたように小さくうなずくと、通りに沿って立ち並んだ店舗を示すように手を上げた。

『ここにはたこ焼きとか、大判焼きとか、たい焼きとか、その場で食べられるものもたくさん売ってるし、その辺の美味しそうなものを買って公園のベンチで食べるってのも乙じやなーい？』

「なるほど……それはアリかも」

確かにそれなら、七罪と四糸乃と『よしのん』が二人と一匹で買いにいっても不自然には思われないだろう。

「じゃあ、そうしよっか」

「はい」

四糸乃がこくりとうなずいてくる。七罪はそれに返すように首肯(しゅこう)すると、四糸乃と並んで商店街の道を歩き始めた。

ここを歩くのは初めてではなかったが、注意して見てみると、存外テイクアウト可能な食べ物屋が多いことがわかる。七罪は小さく感嘆(かんたん)の声を上げた。

「ふうん……こうして見てみると、結構あるもんね。おにぎりにワッフルに……あ、焼き小籠包(ショーロンポー)なんてのもある」

「ふふ……っ」

と、そこで隣(となり)を歩く四糸乃が、そんな笑い声を発してきた。

「!? えっ、あれっ、私何か変なこと言った？　しんだ方がいい？」

「いえ、そういうんじゃなくて……！」

七罪が言うと、四糸乃は慌てたように首を横に振った。

「ただ、なんだかこういうの、いいな、って……」

「え？」

「友だちとお出かけをして、お小遣いで食べ物を買って、一緒に公園でそれを食べて……きっと、皆さんにとっては何でもないことだと思うんです。でも、私……それがすごく嬉しくて」

四糸乃が照れくさそうに笑いながら、頬をほんのりと紅潮させる。

「四糸乃……」

七罪はそれにつられるようにポッと顔を赤くした。

「そ、そうね……と、とと、友だちだものね……」

友だち、という、未だ慣れない恥ずかしワードを、どもりながらも何とか発する。すると四糸乃がそれに応ずるようにニコッと微笑んだ。ちょっと可愛すぎた。結婚しよう。

と、七罪がそんなことを考えていると、不意に四糸乃が、何かを見つけたように目を見開き、足を止めた。

「あ——」

「？　どうかした、四糸乃」

「いえ、あそこにいるのって……」

言いながら、四糸乃が前方を指さす。

七罪は四糸乃の指先を追うように視線を巡らせると、「あ」と声を発した。四糸乃が指し示した場所に、見覚えのある人物が立っていたのだ。

暗色の服を纏った、美しい顔立ちの少女である。風に遊ぶは夜色の長い髪。凛と前方を見据えるは水晶の瞳。――間違いない。七罪や四糸乃と同じマンションに住む精霊・夜刀神十香だ。

その十香が今、たこ焼き屋さんの前に立ち、手にしたたこ焼きのパックを何やら訝しげに眺めていたのである。

「十香さん……ですよね？」

四糸乃が、どこか自信なさげにそう言う。

だが七罪には、四糸乃が言葉尻に疑問符を付けた理由が何となくわかった。

そこにいるのは間違いなく十香である。七罪と四糸乃が揃って見間違えるだなんてことは考えづらかったし、それ以前に、あんなにも美しい少女が他に何人もいるとは思えない。

しかし、どこか様子がおかしいのだ。具体的にどうおかしいのかと言われると困ってしまうのだが、なんというか……七罪たちの知っている十香とは雰囲気が少し違うような気がする。

　普段の十香を飼い犬だとするなら、今の十香は野生の孤狼とでもいうべきか。表情や仕草から、どことなく剣呑な色が感じられた。

「……どうかしたのかしら。たこ焼きに何か変なものでも入ってたとか？」

「そういうわけでもなさそうですけど……」

　七罪と四糸乃が首を捻っていると、十香は険しい顔のままたこ焼きを一つ摘まみ上げると、そのまますんすんと匂いを嗅いでから、ひょいっと口の中に放り込んだ。

　数秒の間もぐもぐと咀嚼したのち、こくんと嚥下する。

「……ふむ」

　そしてぴくりと眉の端を動かしたかと思うと、無表情のまま、ひょい、ぱくっ、ひょい、ぱくっ、と、リズミカルに残りのたこ焼きを食べ始めた。

「うーん……やっぱりいつもの十香……？」

「でも、いつもの十香さんならもっと美味しそうに食べる気がします」

『だよねー』

　七罪の言葉に答えるように、四糸乃と『よしのん』が言ってくる。たこ焼きを食べるテンポから察するに、別にたこ焼きが苦手ということはないようだが（むしろ大好物といっても差し支えないくらいのスピードだが）、その表情はお世辞にも、料理を作った人が喜ぶ類のものには見えなかった。いつもオーバーリアクション気味な十香とは思えない。

と、そこで十香がたこ焼きを食べ終えたらしい。ぺろりと唇に付いたソースを舐めて、その場から歩き出す。

すると、たこ焼き屋の店主が、慌てた様子で十香を呼び止めた。

「すいません、お客さん。お勘定がまだなんですが……」

「……？」

十香は微かに眉根を寄せながら立ち止まると、店主の顔を一瞥したのち、再び歩き始めた。

「ちょ、ちょっとちょっと！　困りますよ！」

店主が店から出、十香を追ってその肩に手を掛ける。

瞬間――

「何をする、下郎」

十香が冷たくそう言い放ったかと思うと、店主の身体が見えない手に突き飛ばされでもしたかのようにいきなり吹き飛び、地面に強かに叩き付けられた。

「うぎゃっ!?」

「ふん」

店主が短い悲鳴を上げると、十香は小さく鼻を鳴らしてすたすたと去っていってしまった。

七罪と四糸乃は、道行く通行人たちと同様にその光景をしばし呆然と眺めていたが、すぐにハッと肩を揺らして店主のもとに駆け寄った。

「だ、大丈夫……ですか？」

「いつつ……ああ、ありがとう、お嬢ちゃん」

四糸乃が心配そうに声をかけると、店主は地面に打ち付けた背中をさすりながら身を起こした。ちなみに七罪も何か気の利いた一言を発しようと思ったのだが、せっかく聖少女四糸乃から言葉を賜っているのに七罪になど声をかけられたら台無しになるだろうなあと思って黙っていた。決して土壇場になったら声が出なかったとかそんなことはない。ないったらない。

「何だったんだ今の……とにかく、無銭飲食だし警察に電話しないと……」

「……！　あっ、あの……！」

警察を呼ばれてはたまらない、といった顔で四糸乃が声を発し、財布の中から五〇〇円玉を取り出した。

「すみません、私がお支払いしますので、警察は……」

「え？　なんでお嬢ちゃんが？」

「えっと、あの……す、すみません……！」

四糸乃は深々と頭を下げると、そのまま十香が歩み去った方へと走っていった。

「あ、よ、四糸乃っ！」

慌てて七罪も四糸乃のあとを追い、商店街を駆けていく。

十香は派手な無銭飲食を行ったというのに、さして焦った様子もなく、ゆっくりとした歩調で道を進んでいた。歩幅こそ劣るものの、七罪と四糸乃はほどなくしてその背に追いついた。

「と、十香さん……っ！」

四糸乃が声を上げ、十香の名を呼ぶ。

しかし十香は足を止めなかった。意図的に無視をしたというよりも、まるでそれが自分に向けられたものであると気づいていないかのように。

「……？」

七罪と四糸乃は顔を見合わせると、再び走り出し、通せんぼをするように十香の前に回り込んだ。

そこでようやく二人と一匹（いっぴき）の存在に気づいたように、十香が足を止める。

「十香さん、一体どうしたんですか……」

『そうだよー。ものを買ったらお金払わなくちゃー』

「……そ、そうよ」

「………」

四糸乃と『よしのん』、七罪が注意をすると、十香は何やら訝しげに眉を歪（ゆが）めた。

そして。


「――何者だ、貴様ら」


十香は普段の彼女からは考えられない冷淡（れいたん）な調子で、その言葉を発した。

「え……?」

「な、何言ってるの……?」

予想外の反応に、四糸乃と七罪は表情を困惑（こんわく）の色に染めた。

あまりにも普段の十香と違（ちが）う様子に、一瞬、やはり他人の空似だったのだろうかという考えが頭を掠（かす）める。

だが、向かい合った少女の相貌は、間違いなく十香のものだった。もし十香に生き別れの双子でもいるというのなら話は別だったが……八舞姉妹以外に精霊に双子なんてものが存在するのかどうかは定かではなかった。

かといって、無銭飲食を咎められたから咄嗟に別人の振りをした……というのも考えづらい。十香ならば、間違ったことをしたと自覚したなら、すぐさま非を認めて謝っているはずだった。

と、二人が状況を理解できずにいると、十香が何かに気づいたように眉の端をぴくりと動かし、四糸乃の顔をジッと見つめた。

「……貴様。貴様はどこかで見た覚えがあるな。私の道を閉ざすとは、一体何のつもりだ」

「と、十香さん……？」

「失せろ。さもなくば容赦はせぬ」

十香がギロリと視線を鋭くし、四糸乃と七罪を睨み付けてくる。そのプレッシャーに、二人は「ひっ」と声を漏らし、一瞬その場に凍り付いた。

「……ぬ？」

しかし、そこで十香は二人から興味を失ったように視線を逸らすと、何やら別の方向を向いてすたすたと歩き出した。

その先には、美味しそうな肉巻きおにぎりを売る店が見受けられた。どうやら、その匂いにつられたらしい。

「は、はあ……何なのよ一体。私たちのこと威嚇してくるなんて……」

「でも、放っておけません……」

七罪がため息を吐くと、四糸乃が心配そうに声を発した。

こんな小さな出来事からも、常人以下の思いやりしか持たない七罪と天にまします我らが四糸乃の差が出てしまっていた。七罪は自戒と羨望を込めてうなずくと、四糸乃とともに十香のあとを追った。

「とうりゃッ！」

そんなかけ声とともに、八舞耶倶矢はグローブを着けた右手で、パンチングマシンを殴りつけた。的の描かれた小型のサンドバッグが後方に倒れ、液晶画面に表示されていたモヒカン肩パッドの巨漢が鼻血を噴いて吹っ飛ぶ。

そしてそののち、カンカンカーン！　と軽快な音が鳴り、画面に『２９９ｐｔ!!』の文

字が表示された。

「くっ、一ポイント差だと……？　我に刃向かうとは小癪な機械め」

耶倶矢は渋面を作ると、悔しげにうめいた。すると背後から、くすくすという笑い声が響いてくる。

「賞賛。とりあえずは目標からわずか一ポイントしかずれなかった耶倶矢の成績を讃えておきましょう。ですが、残念でしたね。夕弦の正確さ極まる一撃の前には、僅かな誤差が命取りです」

ふふんと鼻を鳴らしながらそう言ったのは、耶倶矢の双子の姉妹、八舞夕弦だった。耶倶矢とよく似た顔を得意げな表情にし、耶倶矢とよく似ていない胸をぐっと反らす。耶倶矢は色んな意味で「くっ」と眉根を寄せた。

「まだわかんないし！　ほら、次夕弦の番だかんね！」

右手に着けていたグローブを外し、夕弦に手渡す。夕弦は自信ありげにそれを左手に装着し、パンチングマシンの前に立った。

耶倶矢と夕弦がいるのは、天宮市内にあるゲームセンターの一角である。今日は休日ということで、二人で遊びに来ていたのだが……三度の飯より勝負事が好きな八舞姉妹が、ゲームセンターなどという娯楽の坩堝を訪れて何も起こらないはずはなかった。

二人は現段階で、格闘ゲーム、レースゲーム、音楽ゲーム、エアホッケーの勝負をこなし二勝二敗、このパンチングマシンで雌雄を決しようとしていたところだった。

だが、単純に力比べをするだけではゲーム性がない。そこで二人は、事前に目標ポイントを定め、どちらがそれに近い値を出せるかを勝負の基準にしていたのである。

「微笑。ふふ、夕弦パンチの精度を見せてあげます」

夕弦は不敵な笑みを浮かべると、筐体に一〇〇円玉を投入した。そして液晶画面に表示される派手な演出を見ながら、グローブの感触を確かめるように、パン、パン、と軽く右手の平を叩いた。

『――ヒャッハー！』

と、奇声を上げながら、画面の中に悪そうな顔をしたキャラクターが現れる。するとそれに合わせて、画面中央に『打て！』の文字が光った。

「殴打。ていやー」

気合いが入っているんだかいないんだかわからないかけ声を上げて、夕弦がサンドバッグを殴りつける。赤い合皮で包まれた円柱は、小気味のいい音を立てて後方へと倒れ込んだ。

同時、画面の中のキャラクターが吹っ飛び、ポイント数が表示される。

――耶倶矢と同じ、『299pt!!』が。

「うおっし！　同点！」

耶倶矢はそれを見るなり、グッとガッツポーズを作った。

……同ポイントなので勝ったわけではないのだが、夕弦の自信ありげな調子から、少し不安になっていたのである。

「誤算。少し力を抜きすぎましたか。手応えはあったのですが……」

夕弦は悔しげにむうと唸ると、グローブを外したのち、左手を数度握る仕草をした。

「へーん、とにかく再試合よ！　グローブ貸して！　今度こそドンピシャの点数を出してやるんだから！」

と、耶倶矢が手を伸ばすと、夕弦がグローブを差し出し――そのままの姿勢で一瞬動きを止めた。

「ん？　なに？」

「注視。耶倶矢、あれを見てください」

「どれよ」

耶倶矢は首を捻ると、夕弦が見ている先に視線をやった。するとそこに、見知った顔があることがわかる。

「あれ、十香じゃん。ゲーセンに一人で来るなんて珍しい」

耶倶矢は眉を跳ね上げながら言った。そう。そこにいたのは、耶倶矢たちと同じ学校に通う精霊・十香だったのである。

「怪訝。ですが、少し様子がおかしいです」

夕弦が不思議そうな顔をしながら首を傾げた。

確かに、夕弦が言わんとしていることはなんとなくわかった。どこがどう違うとは言いづらいのだが、今の十香は、耶倶矢たちが知っている十香とはどことなく雰囲気が違う気がしたのである。

「ん……どうかしたのかな。おーい、十香ー！」

耶倶矢は、ゲームセンターに鳴り響くゲーム音に負けないよう声を張り上げ、十香を呼んだ。

だが、十香は気づかない。耶倶矢はすうっと息を吸うと、身振りを加えながらさらに大きな声を発した。

「おぉぉぉぉい！　十香ぁぁぁぁっ!!」

「……？」

すると、そこで十香がようやく耶倶矢の方を見てきた。

が、その表情にまたも違和感を覚える。それは自分の名を呼ばれたリアクションというよりも、奇声を発してくる不審人物を発見した、という様子だったのである。

十香は悠然とした足取りで耶倶矢と夕弦の方に歩いてくると、尊大な調子で腕組みをしてみせた。

「貴様らもどこかで見たことがあるな。今私を呼んだのか？　先ほどの小さき者共と同じ呼称をしていたが」

「は……？」

十香の言葉に、耶倶矢は目を点にした。同様に、夕弦も困惑した顔を作る。

「疑念。どうしたのですか十香。なんだか喋り方が拗らせてるときの耶倶矢のようです」

「拗らせてるは余計よ！」

耶倶矢はたまらず叫びを上げた。が……まあ夕弦の言っていることもわからなくはない。もとより十香は少し古風な喋り方をする少女ではあったが、今日のそれはいつにも増して特徴的な気がしたのだ。

十香は耶倶矢と夕弦の言い合いを興味なさげに眺め——不意にぴくりと表情を動かした。

「なんだ、それは」

そしてそう言って、夕弦が手にしていたグローブを指さす。その質問に、耶倶矢は再び首を捻った。

「それって……パンチングマシンのグローブだけど。十香もやったことあるんじゃなかったっけ？」

「知らぬ」

「…………」

超然とした物言いの十香に、耶倶矢は数秒のあと、

「あー……」

と頬に汗を垂らした。

十香の意図というか、していることがわかった気がしたのである。

そう。確証があるわけでもないため恐らくではあるが……新しいキャラ付けだ。耶倶矢も経験があるので何となく理解できてしまった。

十香にもそういう時期が来たに違いない。話し方から察するに、強大な力を持っている反面、世間知らずなお姫様タイプだろう。テレビを見て、「な、なんだこの箱は！　中に人が入っているぞ！」とか言っちゃうアレである。耶倶矢も今のキャラを定着させる前、そういう属性も模索した覚えがある。

まあ実際、十香もこちらの世界に現界したばかりのころはキャラを演じる必要もなくそ

の状態だったわけで、一番やりやすいのかもしれなかった。

耶倶矢はぽりぽりと頬をかいた。いろいろと言いたいことがないではなかったが、人生の先輩としてここは優しく見守ってあげるべきだろう。

「あー……っと、とりあえず、十香もやってみる？」

「…………」

十香は訝しげな顔をしながら、グローブを受け取った。

◇

「——ふふふふんふふ、ふんふふふーん♪」

上機嫌そうに鼻歌を口ずさみながら、誘宵美九は軽やかな足取りで街を歩いていた。

今日は久々にオフの日ということで、街に繰り出して買い物を楽しんでいたのだが、偶然いい香りのボディクリームとバスソルトを見つけることが出来たため、先ほどから気分が高揚していたのである。

否、正確に言うのならもう一つ。今美九が向かっている場所も、美九の機嫌に大きな影響を与えていた。——今美九が歩いているのは、東天宮の住宅地に向かう道だったのである。

そう。美九の愛しのだーりん＆スウィートエンジェルズが住まう家とマンションがある場所だ。今日は久々に皆が揃うということで、五河家の夕食にお呼ばれしていたのである。無論夕食時にはまだ時間がある。今行っても料理はできていないだろう。だが、それはそれで構わなかった。士道がエプロンを着けて料理を作っているところを後ろから見るのも、夕食会の醍醐味であったのだ。

「ふんふふー……あっ」

道中、デパートのショーウインドウに差し掛かる。美九は腰に手を当ててポーズを取ってみた。

グラマラスなプロポーションを持った少女が、綺麗に磨かれたガラスに映し出される。頭部を覆い隠すキャスケット帽と大きなサングラスが邪魔ではあったけれど、まあこればかりは仕方がない。仮にもアイドルである美九がこんなところで素顔を晒したなら、通行人に気づかれてしまうかもしれなかった。

まあ、正確に言うなら気づかれること自体は別に構わないのだが、それでサインや握手を求められてしまい、五河家へ向かうのが遅れてしまうのは避けたかったのである。

と――

「あらー?」

ヒールを鳴らしながら道を歩いていた美九は、不意に足を止めた。

前方に、見知った少女の後ろ姿を見つけたのである。

陽光を浴びてつやつやと輝く美しい夜色の髪。――美九の可愛いスウィートエンジェル・十香だ。

士道の家に向かう途中で十香と合流できるだなんて、なんという僥倖であろうか。神様は美九の日頃の行いを見ていてくれているに違いない。美九は心中で神様に感謝を述べながら、大きく手を振った。

「十香さ――」

しかし。美九はそこで言葉を止めると、口元に手を置いてにんまりと笑みを浮かべた。

十香の無防備な背中を見て、いいことを思いついてしまったのである。

「うふふふふー……」

美九は静かに微笑むと、足音を殺しながら道を歩いていき、十香のもとに辿り着いた。

そして情熱的に両手を広げ、背後から十香にがばっと抱きついた。

「十香さん、捕まえましたーっ！」

が。

「わっ!?」

次の瞬間。スカッと両手が空を切ったかと思うと、美九は勢い余って数歩たたらを踏んだ。

「あ……あれ？」

美九はサングラスの奥で目をまん丸に見開き、辺りをキョロキョロと見回した。一瞬前までそこにいた十香の姿がなくなっていたのである。

と、数歩離れたところに、十香の姿を発見する。美九は今し方起こった不思議現象に首を傾げながらも、再度その背に飛びかかっていった。

「とうっ！　今度こそ捕まえ……っ」

しかし、結果は先ほどと同じだった。美九が飛びついた瞬間十香の姿がヒュン、と掻き消えてしまったのである。

「あ、あらー……また消えちゃいましたー」

「――何のつもりだ」

すると後方から、そんな声が響いてきた。驚きに息を詰まらせ振り向くと、そこに厳めしい雰囲気を漂わせた十香が立っていることがわかる。

「あれ？　十香さん……？」

その顔を見て、美九は不思議そうに眉をひそめた。目の前にいる十香は、何となく、美九の知っている十香と様子が違って見えたのである。

が。美九にとってそれはさしたる問題ではなかった。確かにいつもよりツンツンしている感はあるが、これはこれでイイ。美九はしなを作るように身をくねらせると、甘えるような声を発した。

「あぁん、十香さんたら、気づいてたんですかー？　だったら言ってくれればいいのにー。

――じゃあ、改めまして」

そして手を大鷲（おおわし）の翼（つばさ）のように広げると、今度は正面から十香にハグをしにいく。

しかしそこで十香が右手を前方に突（つ）き出し、美九の顔面を押さえたものだから、怪鳥（かいちょう）美九はその場で翼をばっさばっさと羽ばたかせることになってしまった。

「むぎゅっ！」

「貴様、何が狙（ねら）いだ」

十香が視線を鋭（するど）くしながら、ぎゅむと美九の頬を圧迫（あっぱく）してくる。美九はひょっとこのような顔で、もごもご言葉を発した。

「ね、狙ひだなんひぇ……わたひはただ、ほーかはんとあふい抱擁（ほうよう）を交（か）わひたいらけで……」

美九は伝わるような伝わらないような発音でそう言うと、広げていた両手を閉じ、自分の顔を摑んでいた十香の手を指先でつつつ……っと撫でた。

「……っ!?」

美九の行動がよほど予想外だったのか、十香が表情を戦慄の色に染める。同時、十香の手から力が抜けた。

「隙ありですー！」

美九は十香の手からするりとすり抜けると、そのまま十香の身体にタックルをした。

とはいえ、別に十香を押し倒そうとしたわけではない。美九は十香の身体にしがみつくと、その柔らかな胸元に顔を押しつけ、すーはーすーはーと深呼吸をした。

「コホー、コホー……ぐ、グぅぅぅッドふれぐらアアアんす……！」

「この」

美九が恍惚とした表情を浮かべながらこの世の春を謳歌していると、頭上から怒りに染まった声が聞こえてきた。

次の瞬間、美九はむんずと首根っこを摑まれる感触を覚えた。

◇

「――あ、あったあった、たまねぎドレッシング」

スーパーマーケットで陳列棚とにらめっこしていた五河琴里は、目的のものを見つけて小さく声を発した。

白いリボンで髪を二つに括った少女である。今は左手に買い物カゴを持ち、右手に買うものが書かれたメモ用紙を握っていた。

「えっと、これで最後かなー」

言いながら手にしたメモ用紙と買い物カゴの中身を見比べ、品物を確認していく。粉チーズに、ツナ缶に、今発見したたまねぎドレッシング。それに明日の朝食になる予定の鯵の開きに――琴里の大好物のチュッパチャプス。

まあ、正確にはチュッパチャプスは買い物メモに記されていなかったのだが、そこはそれ、買い物係の役得というやつである。

今日の夕食は久々に精霊全員が集まるのだが、幾つか足りないものがあったため、琴里が買い物に派遣されていたのだ。

「よしっ、完璧」

琴里はグッと手を握ると、メモ用紙をポケットにしまい込み、レジへと歩いていった。

そして士道に渡されたポイントカードを提示するのを忘れないようにしながら会計を済ませ、買ったものをエコバッグに詰めていく。

ちなみにこのエコバッグ、店に来る際には、洗って開かれた牛乳パックや食品トレーなどが詰め込まれていた。スーパーマーケットの外に回収ボックスがあるため、士道はそれらをゴミ箱に捨てずに、きちんと洗って干しているのである。……家を出る際それらを手渡され、改めて士道の主夫力を感じた琴里だった。

「うんしょっと」

琴里は品物を詰めたエコバッグを肩掛けにすると、自動ドアをくぐって店を出た。

「んー、ふふふー」

そして鼻歌とも笑いとも付かない声を発しながらエコバッグの中を探り、先ほど買ったばかりのチュッパチャプスを取り出すと、慣れた手つきで包装を解き、ぱくっと口の中に放り込んだ。

瑞々しいフルーツのフレーバーが口の中いっぱいに広がる。琴里は思わず頬を緩めると、足取り軽く自宅への帰路についた。

と、そこからどれくらい歩いた頃だろうか。琴里は前方に、見覚えのある少女の後ろ姿を発見した。肩口をくすぐる髪に、細身のシルエット。手に琴里と同じように買い物袋を提げていた。

「折紙ー！」

琴里が手を振りながら名を呼ぶと、少女はくるりと振り向き、人形のように表情のない顔で琴里の方を見てきた。鳶一折紙。今日五河家に集まる予定の精霊の一人である。

「琴里」

「偶然だねー。もしかしてうちに来るところだった？」

「そう」

折紙が無表情のまま、こくりとうなずいてくる。琴里は何とはなしに彼女の持っていた買い物袋を覗き込んだ。

「あ、何買ったの？　もしかしておみやげ？」

が、琴里はそこで訝しげな顔を作った。袋に入っていたのは、何やら怪しげなドリンク剤や錠剤の類であったのだ。

「……なにそれ」

「安心して。士道以外には使わない」

「おにーちゃんにも使わないで欲しいんだけど!?」

琴里はたまらず叫びを上げると、折紙の手から買い物袋を奪おうとした。だが、琴里の手が触れる寸前で、折紙がひょい、と身を翻してそれを避ける。二人はしばしの間、コミカルなダンスを踊るような調子で追いかけっこを続けた。

「もー！　あんまりおにーちゃんに変なことしないで……って、あれ？」

と、そこで琴里は不意にその場に立ち止まった。商店街の方に、何やら人だかりが出来ていたのである。

一瞬大道芸人でも来ているのか、それとも、何かの撮影でもしているのかと思ったが……違う。そこにいたのはジャグラーでもなければテレビの撮影クルーでもなく、琴里のよく知る少女二人だった。

一人は左手にウサギのパペットを着けた少女、そしてもう一人は、どこか不機嫌そうな顔をした猫背の少女。

――そう。二人で買い物に出かけていたはずの四糸乃と七罪である。

その二人が、なぜか数名の大人たちに囲まれ、困ったように肩をすぼめているのである。しかも皆、飲食店の制服を着ていたり、店名が入った前垂れを着けていたりする。どうやら近隣の店の従業員たちのようだ。

「……何やってるんだろ、あの二人」

「わからない。でも、あまり穏やかな状況には見えない」

と、琴里と折紙がその状況を見ていると、七罪がきょろきょろと辺りを窺いだし、大人たちの隙を衝いてダッと逃げ出してしまった。

「あっ、こら！」

それに気づいた従業員の一人が声を上げるが、遅い。七罪は人混みに紛れ、その場から逃げおおせてしまった。残された四糸乃が、驚いたように目を丸くする。

「……って、七罪逃げちゃった⁉」

「賢明な判断」

「いや、そうかもしれないけど……四糸乃を置いていっちゃったよ？」

七罪と四糸乃は仲がよかった。まさか見捨てて逃げはしないと思うのだが……

と、琴里がそんなことを考えていると、

「はーい、ちょっとそこ通してもらえるかしらぁ？」

人混みの中からそんな声が響き、一人の女性が姿を現した。

抜群のプロポーションを濃紺の制服で包んだ婦人警官である。どうやら騒ぎを聞きつけてやってきたらしい。

だが、その姿を見て琴里と折紙は目を見合わせた。

それはそうだ。何しろその警官の顔は——変身能力で大人に変身した七罪のものだったのである。

「はいはい、この子は私が預かるから、あとは任せてちょうだいね」

言って、七罪が四糸乃の肩に手を置きながら、周囲に集まった従業員たちに目を向ける。

どうやら七罪は逃げたのではなく、警官に変身して四糸乃を助けるつもりだったようだ。

だが従業員たちは、突然現れた婦人警官に不審げな顔を向けた。……まあ、それはそうだろう。七罪の姿は婦人警官は婦人警官でも、スカートはやたらと短く胸元が大胆に開いており……要は、その手のお店のコスプレにしか見えなかったのである。

「あの、警察の方……ですか？」

「ええ、そうよ。見ればわかるでしょ？」

「……ええと、念のため、警察手帳見せてもらえますか？」

「え？」

その言葉は予想外だったのだろう。七罪が笑顔のまま固まり、頬に汗を垂らす。その反応に、従業員たちはさらに疑わしげな目を作った。

「も一……」

琴里は小さく息を吐くと、ポケットから黒いリボンを取り出し、着けていた白いリボンを外して、手早く髪を括り直した。

その行動は、琴里特有のマインドセットであった。それによって琴里は、元気で無邪気な女の子から、苛烈で強気な司令官へと変貌を遂げるのである。

「まったく、仕方ないわね」

琴里がやれやれと呟くと、隣にいた折紙が視線を向けてきた。

「相変わらずの見事な二重人格ぶり」

「あなたにだけは言われたくないんだけど⁉」

琴里は思わず叫びを上げた。……が、今はそれに構っている場合ではない。人混みを抜けると、ツカツカと二人の元へと歩いていく。

「一体何してるのよ、七罪、四糸乃、それによしのん」

「あ――」

「こ、琴里さん……！」

『おー！　天の助け！』

琴里が名を呼ぶと、二人は驚いたように目を丸くし、一匹はパタパタと両手を動かした。

すると、その会話で琴里が関係者であることを察したのだろう。二人を囲んでいた従業員たちが琴里の方に目を向けてきた。

「君、この子のお友だち？」

「ええ、まあ」

琴里がそう答えると、パン屋の店員と思しき男が、困ったようにため息を吐いてきた。

「だったら、この子の親御さんの連絡先、わからないかな？　さっきから聞いてるんだけど、答えてくれないんだ」

「…………」

琴里はぽりぽりと頬をかいた。四糸乃と七罪は精霊である。両親のことなど聞かれても、答えようがないだろう。

しかし問題はそんなことではなかった。重要なのは、この二人が、保護者を呼ばれるようなことをしてしまったらしいことである。

「一体、この子が何をしたんですか？」

琴里が問うと、男は肩をすくめながら言葉を続けてきた。

「まあ、無銭飲食、いわゆる食い逃げだよ。商品を食べてしまったのに、お金を持ってないって言うんだ」

「無銭飲食？」

予想外の言葉に、琴里は思わず目を見開いた。

四糸乃と七罪がそんなことをするとは思えなかったし、お小遣いも十分に与えてあるはずである。にわかには信じがたい言葉であった。

とはいえ、それを嘘と断ずることもまた、できなかった。少なくともこれだけの人数が被害を訴えているのである。琴里は「わかりました」とうなずくと、ポケットから財布を取り出した。

「おいくらですか？　私が立て替えさせてもらいます」

「君が？」

琴里が言うと、男は意外そうに目を剝いた。

しかしそれも無理からぬことである。琴里も、四糸乃や、逃げる前の七罪とそう年格好は変わらない。少なくとも二人の保護者であると言っても信じてはもらえないだろう。

「いや、だけどね……」

「大丈夫です。二度とこういうことがないよう、私からきつく言っておきます」

「うーん……」

男は数秒ほど考え込んでいたが、あまり面倒事に関わりたくないと判断したのか、腑に落ちない顔をしながらもこくりと首肯してきた。

「……まあ、こっちも大事にしたいわけじゃないから。ちゃんとお金さえ払ってもらえれば構わないけど」

「ありがとうございます」

琴里はぺこりと頭を下げながら言うと、その場にいた従業員たちに品物の値段を聞き、順にお金を支払っていった。

　そして数分後。全ての支払いを終えたのち、改めて四糸乃と七罪の方に向き直る。七罪は一旦ひとけのない場所に行って、元の姿に戻っていた。

「──で。ちゃんと説明してくれるわよね。何がどうしてこうなっちゃったわけ？　二人揃って財布でも落としちゃった？　それとも無駄遣いしすぎちゃった？」

　琴里がやれやれと肩をすくめると、四糸乃と七罪は同時にふるふると首を横に振ってきた。

「ち、違うんです。実は……」

　四糸乃が、眉を八の字に歪めながら事情を説明してくる。その話の内容を聞いて、琴里は思わず訝しげな顔を作った。

「十香が？」

「はい……十香さんが、次々にいろんなお店の食べ物を食べていって……」

「……最初のうちは私たちが立て替えてたんだけど、さすがに途中でお小遣いなくなっちゃってさ……」

『いやー、琴里ちゃんが来てくれて助かったねー。あのままだったら四糸乃と七罪ちゃん、借金のカタに怖いおじさんに売られちゃうところだったよー』

『よしのん』が冗談めかした調子で言ってくる。さすがに飲食代程度でそんな事態には陥るまいが……まあ、四糸乃も七罪も引っ込み思案で人見知りな精霊である。大人たちに詰め寄られたのはさぞ怖かったに違いない。

だが今はそれよりも気になることがあった。言うまでもない。十香だ。

「十香が食い逃げ……まあ確かに、四糸乃と七罪がっていうよりは幾分か現実味があるけど……それにしたって不自然よね」

琴里は難しげな顔をしながらあごに手を置いた。

確かに十香は精霊の中でも群を抜いた健啖家である。だが、十香が士道に力を封印されてからもう半年以上は経つのだ。最初こそ社会常識の欠如していた十香ではあるが、高い適応力で社会に順応し、ここ最近では問題らしい問題は起こしていなかった。ましてや買い物をしたのにお金を払わないだなんて、今の十香には考えられない事態である。

詳しいことはわからなかったが、何かよくないことが起こっているであろうことは容易に想像がついた。琴里はくわえていたチュッパチャプスの棒をピンと立てると、再び四糸乃と七罪の方に視線をやった。

「とにかく、そんな状態の十香を放っておくわけにもいかないわね。どっちに行ったかわかる？」

問うと、四糸乃と七罪と『よしのん』は同じタイミングでうなずき、商店街の道を真っ直ぐ指し示した。

「向こうか……あんまり遠くに行ってないといいけど」

琴里は小さく息を吐きながら言うと、四糸乃と七罪、それから後方で待機していた折紙を連れて、十香のあとを追っていった。

琴里をはじめとした四人と一匹が街を行くこと、およそ五分。

「あれは……」

琴里は前方に、先ほどよりも大きな人だかりを発見し、表情を険しくした。

四糸乃たちから話を聞く前であれば、先ほどと同様に何かイベントでもやっているのかと思っただろうが——今の琴里には、人だかりを作ってしまうような人物に心当たりがあった。

「まさか、十香……？」

「かもしれない」

折紙が抑揚のない声で返してくる。琴里は三人を伴い、人混みをかき分けていった。

すると人だかりの中心に、二人の少女の姿があることがわかる。瓜二つの顔を持つ双子、八舞耶倶矢・夕弦姉妹である。なぜか二人並んでゲームセンターの前に立ち、店員と思しき男に叱られていた。

「あれ？　十香じゃなくて耶倶矢に夕弦……？」

琴里は怪訝そうに眉を歪めた。が、十香でなかったからといって無視できるような状況ではない。琴里はツカツカと二人の元へと歩いていった。

「耶倶矢、夕弦」

「……！　あ、琴里！」

「驚愕。四糸乃に七罪、マスター折紙まで。なぜここに」

耶倶矢と夕弦が、驚いたように顔を上げてくる。琴里はやれやれとため息を吐いた。

「そりゃあ、これだけ人だかりになってればね。一体何をしたの？」

「いや、私たちが何かしたわけじゃないんだけど……」

「首肯。冤罪です」

琴里が言うと、二人は困惑したような様子で返してきた。

すると二人の前にいたゲームセンターの店員が、憤然と腕組みをしてくる。

「いや、そりゃあこっちもお客さんを疑いたくはないですよ。でも、パンチングマシンが自然にあんな壊れ方をするはずがないでしょう？」

　言って、店員がゲームセンターの方を指さす。

「うわ……」

　その方向を見て、琴里は目を見開いた。

　人混みの中からでは見えなかったが、入口付近に置かれていたと思しきパンチングマシンの筐体が無残に破壊され、ぷすぷすと煙を上げていたのである。確かに、よほど強い力を加えない限り、あのような壊れ方はしないだろう。

「耶倶矢、夕弦、あなたたち……」

「だ、だから違うって」

「弁明。これには事情があるのです」

　琴里が半眼を作ると、耶倶矢と夕弦は慌てたように首を横に振った。

　するとそれを聞いた店員が、疑わしげに眉の間にしわを刻んでくる。

「だから、その事情っていうのを聞いてるんですよ。一体何があったらこんなことになるっていうんですか？」

「それは……」

「小声。琴里、ちょっといいですか」

「ん？　何よ」

夕弦が琴里の手を引いて、耳元に顔を近づけてくる。どうやら、店員に聞かせたくない話があるらしい。

「暴露。実は……犯人は十香なのです」

「えっ？」

夕弦の言葉に、琴里は思わず眉をひそめた。するとそれに続くように、耶倶矢も声をひそめてくる。

「私たち二人が遊んでたら、いきなり十香が現れてさ。パンチングマシンに興味があるみたいだったからやらせてみたんだけど……そしたら」

「衝撃。加減を間違えてしまったのか、サンドバッグ部分が派手に吹き飛んでしまったのです」

「そうそう。それでなんか『ふん、つまらん』みたいな顔してさっさとどこか行っちゃったのよ。ちょっとキャラ付けにしてもやりすぎじゃない？」

「首肯。そこで店員が駆けつけ、マシンの前にいた夕弦たちが疑われてしまったのです。しかし、十香がやりましたと言って警察沙汰にするわけにもいかず」

「……なるほどね」

二人の話を聞き、琴里はむうと唸りながらあごに手を当てた。

それだけを聞けばおかしな話ではあった。確かに十香は以前にもゲームセンターでパンチングマシンを壊してしまったことがある。だがそれは霊力の封印が施されてから間もない時期の話であるし、何よりストレス解消の一環として〈ラタトスク〉の監視下であえて行わせたことでもあるのだ。社会常識を身につけた今の十香がそんなことをするとは考えづらかった。

だが、その十香の異常な行動は、先ほど聞いた四糸乃と七罪の話とも合致していた。

「一体どうしたっていうのよ、十香は……」

と、琴里が難しげに唸っていると、蚊帳の外に置かれていた店員が苛立たしげに足でトントンと地面を叩いた。

「話は終わりましたか？」

「ああ、ごめんなさい」

琴里は後方に振り向いてそう返すと、ポケットから携帯電話を取りだし、〈ラタトスク〉の回線を開いた。声をひそめながら、エージェントの派遣を要請する。

「……ええ、私のいる場所にお願い。なるべく早くね」

すると電話を切ってから数分。人混みをかき分けて黒服の男たちが現れ、店員の前に立った。

「な、なんですか、あなたたちは……」

「この度はまことに申し訳ありません。機械は弁償させていただきます。詳しい話はどうぞこちらで……」

「え？　は、はあ……」

店員は未だ腑に落ちないといった様子だったが、黒服に気圧されてか、店内へと戻っていった。

「さ、十香を追うわよ。どっちに行ったかわかる？」

それを見届けてから、琴里は皆にそう言った。

――次の人だかりは、それから三分と経たずに見つかった。

琴里たちが八舞姉妹の指し示した方向に走っていると、道の真ん中に野次馬の集団が見えてきたのである。

「うわ、まただ」

「今度こそ十香さんでしょうか……」

「ならいいんだけど……」

琴里は四糸乃の声にそう応えながら、先ほどと同じように人垣をかき分けて進んでいった。

すると人々の視線の先に、一人の少女がいることがわかる。

だが、それはまたも、目的の十香ではなかった。キャスケットとサングラスで顔を覆い隠した長身の少女である。

「あれは……美九？」

琴里は小さな声でその名を呼んだ。顔を隠しているため一瞬わからなかったが、それは間違いなく、アイドルにして精霊・誘宵美九であった。

しかし少女の正体に気づくと同時、琴里の頭にはさらなる疑問が生じた。

その美九がなぜか、婦人警官（七罪が化けたような偽者ではなく、今度は本物である）に羽交い締めにされながら、手足をジタバタと動かしていたのである。

「違うんですおまわりさんー！　誤解ですー！　私はそういうんじゃないんですー！」

「こら、暴れるんじゃないの！」

「きゃーっ！」

などと、美九が現行犯逮捕された何かの犯人のように抵抗を続ける。琴里は何が起きているのかわからないといった顔を作りながら、そちらに歩いていった。

「……何してるのよ、一体」

「！　あっ、こ、琴里さーん！　それに皆さんも！」

琴里の顔を見つけた瞬間、美九がパアッと顔を明るくした。

「どうしたのよ。まさかポケットの白い粉でも見つかった？」

「なにっ」

冗談めかした琴里の言葉に、婦人警官が反応する。美九がブンブンと首を横に振った。

「違いますよー！　この状況で余罪を追及されそうなこと言わないでくださいー！」

「ごめんごめん。……それより、誤解って何のこと？　まさか……十香に関係してたりする？」

琴里が視線を鋭くしながら問うと、美九は驚いたように目を丸くした。

「えっ、なんでわかるんですか？　あ……もしかして好きな人の考えることはなんでもお見通しさ的なあれですか？」

「みんな、先を急ぐわよ」

「あーっ！　すみません冗談ですっ！　見捨てないでくださいー！」

美九が泣きそうな顔で叫んでくる。琴里ははあと息を吐いてそちらに向き直った。

「で、十香が何をしたの？　警察が出てくるだなんて穏やかじゃないわね」

「あー、はい、あのですねー……これには非常に複雑な理由があると言いますか……」

何やら言いづらそうに美九が言葉を濁す。琴里は眉をひそめると、美九を羽交い締めにする婦人警官の方に目を向けた。

「あの、この人何をやったんですか？」

「迷惑防止条例違反よ」

婦人警官がため息交じりに答えてくる。その文言に、琴里は頬に汗を垂らした。

「……それって」

「ええまあ、簡単に言っちゃうと……痴漢ね。歩いていた女性に飛びついて胸を触り、その女性に取り押さえられたのよ」

「…………」

その言葉に、琴里はヒクヒクと頬を痙攣させた。

そうしてから後方を向き、四糸乃たちに向かって声をかける。

「さあみんな、行きましょう。私たちは何も見なかったわ」

「こ、琴里さぁぁぁぁぁん！　違うんですぅぅぅぅ！　私だって見知らぬ人にそんなことはしませんよぉぉぉぉっ！　十香さんがいたので驚かせようと思っただけなんですぅぅうう！」

「だから、暴れるんじゃないの！　その人はあなたのことなんて知らないって言ってたわよ！」

「ホントなんですおまわりさんんん！　私と十香さんは何度もハグを交わした仲なんですー！」

美九が悲鳴じみた声を上げながらジタバタと暴れる。

どうやら、十香の様子がいつもと違う、ということは先の四人と一匹の話と共通しているようだった。

美九の場合少々今までのそれと事情が違う気がしないでもなかったが、逮捕されてしまって精神状態が不安定になるのは避けねばならない。琴里はもう一度大きなため息を吐くと、〈ラタトスク〉に裏から手を回してもらうため、携帯電話を手に取った。

◇

空の日が傾いた頃。士道は五河家のキッチンで、トントンとリズミカルな音を立てて、まな板の上に載った野菜を刻んでいた。

「……よし、っと。サラダはこんなもんでいいか」

言いながら簡単に手を洗い、次の調理に入る。

今は皆出かけているため、家にいるのは士道一人きりである。静かなキッチンに、時折まな板を叩く音や、じゅうと油が弾ける音などが響き渡っていた。

隣のマンションに住む精霊が増えるにつれ、大量の食事を用意する頻度も上がってきたのだが、士道は別にそれを苦にしてはいなかった。もともと両親が家を空けがちな五河家では士道が料理担当であったし、むしろ自分が腕を振るったご馳走で皆が笑顔になってくれることに、ある種のやりがいと達成感を感じていた。

「……ん？」

と、士道はそこで不意に後方を向いた。家のどこかから、物音が聞こえた気がしたのである。

「琴里か……？」

言いながらコンロの火を止め、廊下の方に歩いていく。

パスタに欠かせない粉チーズと、サラダにかけるドレッシングが不足していたため、琴里に買い物へ行ってもらっていたのである。そういえば、もう帰ってきていてもおかしくない時間だった。

しかし、扉を開けて廊下を見回しても、琴里の姿は見えなかった。

その代わり——

「これは……」

士道は足下に視線を落とし、眉根を寄せた。

そこには、玄関から一直線に、先ほどまではなかった黒い足跡が続いていたのである。

何者かが土足のまま家に上がり込んだとしか思えない。が……士道にはそんなことをする知り合いに心当たりがなかった。

「………………」

ごくり、と半ば無意識のうちに唾液を飲み込む。

まさかこんな時間に泥棒が入るとも思えなかったが……明らかに異常な事態である。士道は緊張に顔を強ばらせながら、足音を殺してその足跡を追っていき——風呂場の前まで辿り着いた。

すると風呂場の中から、何やら物音が聞こえることに気づく。

明らかに——誰かがいた。士道はもう一度のどを湿らせると、意を決して扉を押し開けた。

「だ、誰だっ！」

そして謎の侵入者を威嚇するように大声を上げる。

が——次の瞬間、士道は声を失ってその場に立ち尽くした。

そこにいたのは士道が想像したような空き巣や強盗ではなく——一糸纏わぬ姿の美しい少女だったのである。

「と……十香⁉」

士道は思わず叫びを上げた。

そう。そこにいたのは、五河家の隣のマンションに住む精霊・十香だったのである。

どうやら水浴びをしていたらしい。しかも、シャワーを使うのではなく、湯船に溜まった残り湯を頭から被っていたようだ。

神に愛されたとしか思えない天使のような肢体に、濡れた長い夜色の髪が張り付き、なんとも妖しい魅力を漂わせている。士道は先ほどとは別の意味でごくりと息を呑んだ。

「は……っ！」

そこで、士道はハッと肩を揺らした。突然の出来事に、呆気にとられたまま十香の裸体を凝視してしまっていることにようやく気づいたのである。

「す、すまん！　まさか十香だとは思わなくて！」

士道は頬を真っ赤に染めながら視線を背けた。

だが十香は叫びを上げるでも桶を投げてくるでもなく、ただ静かに、しかし剣呑な視線

で士道を睨み付けてくるのみだった。

「…………」

十香と呼ばれた少女は、視線を鋭くしながら目の前に現れた少年を見回していた。

目が覚めたと思ったら見知らぬ場所に立っていた彼女は、周囲を歩く人間を参考に衣服を拵え、辺りを巡って周辺環境を観察していたのだが……なぜか自然と足がこの家に向いていたのである。

そして、水場を発見した彼女は、これ幸いと服を分解し、水浴びを始めた。——先ほど正体不明の女に絡みつかれたため、穢れを落としておきたくなったのだ。

だがそんな最中、水場の扉が開いたかと思うと、この少年が現れたのである。

「……貴様は」

少女はぴくりと眉を動かした。

先ほどから、どこかで会ったことがあると思っていたのだが……ようやくそれが記憶と結びついたのである。

そう。この少年は、以前天高く聳える建造物の上でまみえた人間であった。なぜか天使

〈鏖殺公〉を振るい——少女に、接吻をしてきた男だ。

「…………」

その記憶が蘇ると同時、少女は険しい表情をさらに警戒の色に染めた。

なぜ自分がこんなところにいるのか、今ひとつ理解が及んでいなかったのだが、確か以前意識を失ったのは、この少年にキスをされたのが原因だった。

だとすれば、今回のこの現象も、この少年が関与している可能性がある。少女はそう考えて、足を一歩前に踏み出した。

「——貴様」

「ご、ごめん十香……ホントに悪気はなかったんだ」

と、少女が声を発した瞬間、少年はすまなそうにそう言ってきた。

やはり、少女がこの世界に現界したのはこの少年が原因なのだろうか。しかし、先ほどから少年は少女と目を合わせようとしない。

「と、とにかく！　俺戻るから！　上がったら改めて謝らせてくれ！」

少年が不意に大声を上げ、何かを探るように手をひらひらと動かしてくる。

「……ッ」

——何か仕掛けてくるつもりか？　少女は軽く腰を落とし、相手の行動に備えた。

が、少年は飛びかかってくることもなく、扉の持ち手を探り当てると、そのまま二人の間を隔てるように扉を閉め始めた。

「逃がすか」

少年が何をしようとしているかはわからなかったが、思う通りにさせてやるつもりはなかった。咄嗟にガッと扉を摑み、少年の行動を阻害する。

「何のつもりだ、貴様」

「な、何のつもりって、扉を閉めようと……」

「そうはさせるか。きちんと状況を説明してもらおうか。貴様、何の目的があって私を喚び出した」

「よ、喚ぶ……？　そ、そりゃあ、みんなで夕飯を食べるためだけど……」

「…………」

少年が何を言っているのかわからない。少女は眉の間にしわを刻んだ。

「はぐらかすな。こちらを見ろ」

「い、いや、さすがにそれは……」

「黙れ」

少女は不機嫌そうに言うと、少年の顔をむんずと摑み、無理矢理自分の方へと向けさせた。

「……うわっ⁉」

少年はさらに顔を赤くしたかと思うと、逃げるように身体を後方へと引いた。

「待て、貴様」

少女は冷淡な声をかけると、少年に向かって足を踏み出した。

が——その瞬間。少女は足を滑らせ、ずるっと身体のバランスを崩してしまった。

「く……ッ⁉」

咄嗟のことに、姿勢が保てない。少女はそのまま、少年を巻き込むような格好でその場に倒れ込んでしまった。

「……っ！」

「……⁉」

少女と少年が驚愕に息を詰まらせる音が重なる。

だが——双方、声は発していなかった。

理由は単純。少女が倒れ込んだ際に偶然、少女の唇が少年の唇を塞いでいたのである。

「——」

瞬間。少女は頭の中に火花が散るかのような感覚を覚えた。

◇

「──はぁっ、はぁっ──」

琴里たちは息を切らしながら、天宮市の住宅街を走っていた。

向かう先は五河家。琴里の兄・士道が、皆の食事を用意している家である。

「本当でしょうね、美九！　十香がうちの方向に向かってたって！」

「はいー！　間違いありませんよー！　私もそっちに向かうつもりだったのでー！」

後方から、左手で帽子を押さえながら走る美九が答えてくる。

〈ラタトスク〉の協力者は警察内部にもいるため、どうにか裏から手を回してもらい事なきを得ていたのだが、少々時間がかかってしまった。琴里はくっと奥歯を噛むと、さらに足に力を入れた。

別に十香が士道のもとを訪れること自体には何の問題もない。実際十香は毎日のように五河家に遊びに来ている。

だが、皆の話を聞くに、今日の十香は尋常な状態ではないらしい。ただの気まぐれや皆の思い違いであればいいのだが、最悪霊力関係の問題であることも考えられる以上、楽観視は出来なかった。のどかな住宅街の道に、タッタッと足音を響かせていく。

　——程なくして、一行は目的地に辿り着いた。

　一見したところ、家に異常はない。少なくともゲームセンターのパンチングマシンのように玄関が破壊されているということはないようだった。

　しかし、まだ安堵はできない。琴里は弾くように玄関のドアを開けると、バタバタと廊下を走ってリビングの扉を開けた。

「士道っ！　無事!?」

　そしてリビングになだれ込むなり、大声を上げる。

　が。

「——ああ、お帰り、琴里。……って、なんだ、みんなも一緒だったのか？」

　汗だくになった琴里たちを出迎えたのは、そんなあっけらかんとした士道の声だった。

　否——それだけではない。

「おお、皆きたか！　待っていたぞ！」

「十香……？」

　次いでリビングのソファの方から響いた声に、琴里は困惑した表情を浮かべた。

　そこには琴里の予想通り十香がいたのだが……四糸乃たちの話とは異なり、いつもの快活な調子で手を振ってきていたのである。

「……どういうこと？」

琴里が眉根を寄せながら、一緒に走ってきた皆の方を見ると、皆は信じられないといった様子で目を見開いた。

「と、十香さん……？」

「……何よ、さっきと随分態度が違うじゃない」

「む？」

四糸乃と七罪が言うと、十香が不思議そうに首を傾げた。

「さっき……？　何の話だ？」

「へ……？　何、覚えてないっていうの？」

「困惑。パンチングマシンを派手に壊したこともですか？」

「十香さんのせいで前科ついちゃうところだったんですよー！」

「……いや、美九のそれは自業自得だと思うけど」

皆が口々に言うも、十香は何のことを言っているのかわからないといった様子で眉をひそめた。

「むう……？　皆、誰のことを言っているのだ？　私はそんなことをしていないぞ」

「これは、一体……」

琴里は口元に手を当てた。十香の顔からは、嘘を吐いているような様子は見受けられない。かといって四糸乃たちが皆で示し合わせて十香を陥れようとしているだなんてこともまた、考えづらかった。

「……ねえ士道、十香がここにきたとき、何か変なことなかった？」

「変なこと？　いや、特には……」

と、士道は途中で言葉を止めると、なぜか照れくさそうに視線を逸らし、うっすらと頬を赤らめた。それに気づいた十香もまた、似たような顔を作る。

「……何よ二人とも。何かあったの？」

「い、いや、何もないよ。なあ十香」

「う、うむ！　何もなかったぞ！」

「…………」

琴里があからさまに慌てた二人にジト目を送る。すると士道はそれを誤魔化すように大きな声を上げた。

「それより、ほら！　今日はご馳走だぞ！　みんな手を洗って席に着けー！」

言って、皆を促すようにパンパンと手を叩く。

皆は未だ十香の様子に疑問を残しているようだったが、キッチンの奥から漂ってくる得も言われぬ香り(かお)に表情を緩(ゆる)めると、士道の言葉に従い、洗面所の方に歩いていった。

「な、何だっていうのよ、一体……」

琴里は最後まで眉根を寄せていたが、ここまで走ってきていたためお腹はペコペコである。タイミングよく、ぐぅ……とお腹の虫が鳴く。

「うぐ……」

追及(ついきゅう)はとりあえずご飯のあとにしようと心に決め、琴里も皆のあとを追って洗面所に歩いていった。

あとがき

お久しぶりです橘公司です。

司令が目印『デート・ア・ライブ　アンコール4』をお届けいたしました。いかがでしたでしょうか。お気に召したなら幸いです。

さて、突然ですが、ここで一つ告知がございます。

この本の発売から二日後の八月二二日に、『劇場版デート・ア・ライブ　万由里ジャッジメント』が公開されます！　わー！　ぱちぱち！

劇場版、しかも完全オリジナルストーリーときたものです。これは見にいくしかないんだぜ。是非よろしくお願いします！

告知も終わったところで、あとがきに戻ります。

今回は『アンコール』ということでもちろん短編集なのですが、この本に収録されている短編は、いつものようにドラゴンマガジンに掲載されていたものではなく、『デート・ア・ライブ』アニメ一期のブルーレイ＆ＤＶＤに付いていた特典小説をまとめたものです。そのため、お話の時系列がアニメ一期が終わった辺りまで。つまり原作でいうと四巻までとなっております。

では、ここから『アンコール』恒例の簡単な各話解説をしていきたいと思います。少しネタバレも含みますので、未読の方はご注意ください。

○十香ワーキング

特典としてキャラ一人ずつにスポットを当てようとなったとき、先陣を切るキャラとなれば、それはもう十香しかいません。

ということで、このお話では十香をアルバイトさせることに。この頃はまだ霊力を封印されて間もないため、今ほど社会常識が身についているわけではありません。しかし、十香は知識が乏しいだけで頭が悪いわけではないので（強調）、自分なりに考え、仕事に適応していけるのです。そして最後に怒ったのも、自分のことではなく士道が侮辱されたから。うん。十香かわいいな。ちょうかわいいな。こんなヒロインを書けて僕は幸せです。

○四糸乃ハイスクール

思えばこの話は、特典一巻の表紙（この本の口絵にも使用されている、十香と四糸乃のイラスト）の絵柄と合わせて生まれたものでした。最初の発想は「四糸乃にも学校の制服を着せたい！」だった気がします。

そこに潜入要素を加え、スニーキングミッション風に。十香の短編と同じく、まだあまりこちらの世界に慣れていない時代の四糸乃だからこそできた話だったのかなあと思います。そう考えると、キャラクターの成長や作中時間の流れによって、新たな話が書けるようになると同時に、書けなくなっていく話も出てくるのですね。夏にプールの授業をやっていなかったことに気づき血の涙を流した記憶。

○折紙ノーマライズ

折紙普通化計画発動。ちなみにこの「普通」とは、成績が優秀すぎたり、頭の中に電子部品が埋まっていたり、女の子的な感性が他人とずれていることを指すのであって、趣味嗜好はなんら関係ありません。ありません。

折紙と亜衣麻衣美衣の会話を書くのが妙に楽しかった記憶があります。士道も段々折紙の言動に慣れていっているので、まっさらな状態の一般人が折紙にどう反応してくれるかを考えるのはとても面白いです。いや、折紙さんは普通なんですけどね？　普通なんですったら。

○狂三キャット

猫と子供には優しいくるみん登場。今まで描いていなかった狂三の一面や、猫に対する十香の反応など、結構お気に入りの話だったりします。

そういえば狂三の分身体たちが狂三本人にツッコミを入れたりするのはこの話が初めてだったような気が。

それまで分身体は、完全に狂三の統制下にある一個の生物的な描き方をしていたのですが、魔の短編時空に取り込まれることにより自我を得たのです。たぶん。きっとこれが、『アンコール3』の『狂三サンタクロース』などに繋がっていくのでしょう。

○真那ミッション

まだ真那がＤＥＭインダストリーに居た頃のお話。このお話も個人的にお気に入りです。話そのものもそうなのですが、冒頭のジェシカやエレンとのやり取りが描けたのはよかったなあと思います。これを書いたのは七巻よりあとだったので、もう本編中ではジェシカが退場したあとだったのですが、なんだかちょっとしんみりしました。今回挿絵が付いたのが嬉しいシーンでもあります。

あと、銀行で見張りをしていて真那にやられた二人組の会話も好き。ニホンの女の子は強いんです。

○琴里ミステリー

空の密室〈フラクシナス〉で起こった殺人事件を解明せよ！

というわけでBD収録分では最後にあたる琴里のお話。まさかのミステリー的導入となりました。琴里はもちろんなのですが、普段あまりスポットの当たらない〈フラクシナス〉クルーのパーソナリティを深められればなあという狙いもありました。箕輪さんが折紙の先輩な気がしてきました。ちなみに「マハルキタ」はタガログ語（フィリピンの公用語）で「愛してる」という意味です。収録現場で幹本役の利根健太朗さんがアドリブで言っていたのを聞いて初めて知りました。利根さん、なんでそんなこと知ってるんですかねえ……

○十香リバース

書き下ろし短編、十香編。十香編が二本収録される形となったわけですが、なんだかこの十香はいつもと様子が違います。一体何があったのでしょうか。「リバース」となっておりますが、別に十香が嘔吐する話ではありません。

この話だけは他の六本と時系列が違う話であるため、八舞姉妹も美九も七罪もいます。七罪視点で四糸乃を書くと、なんだか三割増しくらい可愛く見えます。結婚したい。

そして何気に挿絵が三枚もある豪華な話です。最後の十香や七罪ポリスも最高なのですが、個人的に推したいのは耶倶矢の私服。あの背中と脇腹と肩と襟が素晴らしいったらないです。

さて、今回も様々な方のご尽力によって、本を出すことができました。イラストレーターのつなこさんや担当氏、デザイナーの草野さんに、編集部の皆様、その他出版、流通、販売に関わる全ての人々、そしてこの本を手にとってくださったあなたに、最大級の感謝を。

では次は、『デート・ア・ライブ13』か、『いつか世界を救うために -クオリディア・コード-』の2巻でお会いできれば幸いです。

二〇一五年七月　橘　公司

初出

WorkingTOHKA
十香ワーキング
アニメ「デート・ア・ライブ」第2巻特典小説

HighschoolYOSHINO
四糸乃ハイスクール
アニメ「デート・ア・ライブ」第2巻特典小説

NormalizeORIGAMI
折紙ノーマライズ
アニメ「デート・ア・ライブ」第4巻特典小説

CatKURUMI
狂三キャット
アニメ「デート・ア・ライブ」第4巻特典小説

MissionMANA
真那ミッション
アニメ「デート・ア・ライブ」第6巻特典小説

MysteryKOTORI
琴里ミステリー
アニメ「デート・ア・ライブ」第6巻特典小説

ReverseTOHKA
十香リバース
書き下ろし

DATE A LIVE
ENCORE 4

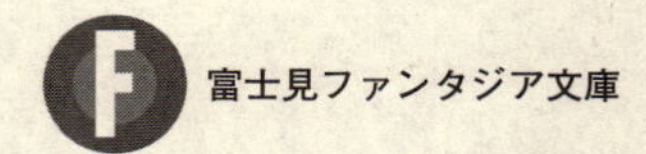

デート・ア・ライブ アンコール4

平成27年8月25日　初版発行

著者――橘　公司（たちばな こうし）

発行者――三坂泰二

発　行――株式会社KADOKAWA
http://www.kadokawa.co.jp/
〒102-8177
東京都千代田区富士見2-13-3
電話　03-3238-8521（カスタマーサポート）

印刷所――旭印刷

製本所――本間製本

※定価はカバーに表示してあります。
落丁・乱丁本は、送料小社負担にて、お取り替えいたします。KADOKAWA読者係までご連絡ください。（古書店で購入したものについては、お取り替えできません）
電話 049-259-1100（9：00～17：00／土日、祝日、年末年始を除く）
〒354-0041 埼玉県入間郡三芳町藤久保550-1

ISBN978-4-04-070696-2 C0193

第29回ファンタジア大賞原稿募集中！
賞金
大賞300万円
最強に面白い作品、待ってるわよ！
選考委員
第17回受賞
第17回受賞
第20回受賞
葵せきな×石踏一榮×橘公司
「生徒会の一存」「ゲーマーズ！」
「ハイスクールD×D」
「デート・ア・ライブ」
×ファンタジア文庫編集長
締め切り
第29回前期 2015年8月末日 後期 2016年2月末日
「空戦魔導士候補生の教官」
著：諸星悠 イラスト：甘味みきひろ（アクアプラス）
投稿＆速報最新情報
ファンタジア大賞WEBサイト http://www.fantasiataisho.com/
富士見ラノベ文芸大賞も同サイトで募集中